王充闾文学作品与研究（第三卷）

王充闾先生智语

王充闾文学研究中心 编
执行主编 赵树发

北方联合出版传媒（集团）股份有限公司
春风文艺出版社
·沈阳·

图书在版编目（CIP）数据

王充闾文学作品与研究.王充闾先生智语/王充闾文学研究中心等编.—沈阳：春风文艺出版社，2022.8
 ISBN 978-7-5313-6280-7

Ⅰ.①王… Ⅱ.①王… Ⅲ.①汉语—格言—汇编—现代 Ⅳ.①I217.2②H136.33

中国版本图书馆CIP数据核字（2022）第113846号

编委会

主　任　王恩来

副主任　张　冰　雒学志　李秀文　戴　月

主　编　赵树发

副主编　刘素英

编　委　张金萍　朱　彦　周　浩　宋志强
　　　　　商秀英　郭玉杰　齐丽莹　张　玲
　　　　　白　旭　石　琇

目 录

第一部分
春秋臧否　　　　　　　　　　　　　　　　　　001

第二部分
灵犀照烛　　　　　　　　　　　　　　　　　　029

第三部分
案牍山水　　　　　　　　　　　　　　　　　　103

第四部分
含英咀华　　　　　　　　　　　　　　　　　　181

第五部分
云巅擢萃　　　　　　　　　　　　　　　　　　219

第一部分 春秋臧否

就学术品格、精神境界看，庄子思想尤其可贵的是具有鲜明的包容性。在庄子看来，宇宙原自无始，世界没有绝对，事物皆是"固有所然，固有所可"。这正是交流、对话所应具有的容忍、理解、"进入对方"的那种品格。

——摘自《逍遥游》

庄子的生死观，是"生寄死归"，活着时宛如住在旅馆，死去就是回家了；生，只是死前的一段过程。生与死不过是一种生命形态的变化；生死是同一的，同归于"道"这个本体。庄子站在自然的立场上，把死看作是生命必然的归宿，是一种返真，是人类回归永恒的家园。人之向死而生、向生而死，犹如人之由寐而寤、由觉而梦；觉与梦、生与死，只具相对意义，实际上不过是生命状态、生命形式的转换而已。

——摘自《致王丽文》

他（庄子）像一只"高鸣向月"的丹顶鹤，超凡脱俗，挺身特立。作为一个具有草根性质的知识分子，他和周秦之际的其他思想家、哲学家最显著的分野，是他完全脱离统治阶级的利益，和那些"治人者"严格划分界限；他的思想倾向、所持立场，许多都是站在平民百姓一边。这一点，也有异于同是道家祖师的老子。

——摘自《逍遥游》

庄子的思想，也包括"濠濮间想"之类的意绪，属于隐形文化，它与物质文明不同。它的魅力恰恰在于能够超越物象形迹，不受时空限隔。

——摘自《寂寞濠梁》

庄子接受感官的呼唤，放射出激情火花，又能随时运用理性的抽象，营造出幽思玄览。如果说，他从诗那里找到了灵感的源头；那么，哲学则使他获得了悟解的梯航。在他的身上，诗与哲学实现了有机统一，统一于对宇宙人生终极问题的思考与追问，统一于对庞大的外在的社会价值体系的弃置，而着眼于对生命、对命运、对人性的形上思索和诗性表达。

——摘自《逍遥游》

庄子哲学显现诗性特征，是充分个性化的，有些方面近于艺术；它重精神、重境界、重感悟；超越政治、现实，超越物质、功利，围绕着把握生命、张扬个性、崇尚自由而生发智慧，启动灵思。

——摘自《逍遥游》

庄子所秉持的，既非真正的入世，也不是纯然的出世，而是介乎二者之间的"游世"。逍遥尘垢外，"乘物以游心"。

——摘自《逍遥游》

在庄子看来，万物本乎自然，一切都是相对而存在的；万物本齐，物我可泯，死生一如，有无、大小、美丑、是非无不处于相对状态；唯于生命自由、精神解放持绝对态度。

——摘自《逍遥游》

庄子的人生，是超拔、解脱的人生，又是"游于世而不僻"的人生。所谓"游于世而不僻"，是指他既不脱离现世，像禅门衲子那样，完全跳出红尘之外，又不执着于浮情，汲汲于名利，一切都斤斤计较，将整个生命投入到物欲追逐、俗世纷争中去；而是保持一种不即不离、不黏不脱的悠游状态。

——摘自《逍遥游》（增订稿）

秋白以"知我者谓我心忧，不知我者谓我何求"这句古诗作为开头语，揭櫫了他的浓烈的忧患意识与担当精神，这是他长期以来耿耿不能去怀的最大情意结，也是中国知识精英的共同心态。

——摘自《守护着灵魂上路》

死亡，是人生最后的也是最为严峻的试金石。他以一死完美了人格，成全了信仰，实现了超越个人有限性的追求。烈士的碧血、精魂，连同那凄婉的"独白"，激越的歌声，潇洒从容的身姿，在他短暂而壮丽的人生中，闪现着熠熠光华。

——摘自《守护着灵魂上路》

庄子哲学，展示着一种独具魅力的精神气质，亦即诗性的风采。"天海苍茫处，诗心一往还。"对于庄子，美是一种诗意情怀的展开。诗与哲学，实现了理想的融合与完美的嫁接。

——摘自《逍遥游》

庄子的美学思想与人生哲学是一致的，它的最终落脚点，是理想人格的建构与诗性境界的提升。这是他留给后世的一份重要的精神遗产。

——摘自《逍遥游》

庄子从存在论的立场出发，倡导可信与可爱双重价值肯定的人格主体。这种人格主体，注重理想人格的发展与完善，反对人为物役、人性异化，追求身心的绝对自由和逍遥独立、淡泊从容的精神气质。把现实的生存世界转化为审美的生存境界；把肉体生命物欲享受、感官满足转化为精神生命的觉解与欢歌；把世俗的功利计较和实用、占有关系，转化为人生的诗意把握。

——摘自《逍遥游》

一方面是现实存在的李白，一方面是诗意存在的李白，两者构成了一个整体的不朽的存在。他们之间的巨大反差，形成了强烈的内在冲突，表现为试图超越却又无法超越，顽强地选择命运却又终归为命运所选择的无奈，展示着深刻的悲剧精神和人的自身的有限性。

——摘自《两个李白》

李白的精神风貌及其诗文的内涵，是中国文化精神哺育的结晶。

——摘自《两个李白》

情趣，原本是物我交感共鸣的结果。庄子把整个人生艺术化，他的生活中充满了情趣，因而向内蕴蓄了自己的一往情深，向外发现了自然的无穷逸趣，于是，山水虚灵化了，也情致化了，从而能够以闲适、恬淡的感情与知觉对游鱼作美的观照，或如德国大哲学家康德所说的进行"趣味判断"。

——摘自《寂寞濠梁》

悔也罢，误也罢，其实都是无能为力、无可奈何的。像不能拔着自己的头发离开地球一样，纳兰所面对的同样是无法扭转的命运，在皇帝的长拳利爪之下，他的人生道路是不属于自己的。

——摘自《纳兰心事几曾知》

同那些跨越时代的文坛巨匠相比，萧红也许算不上长河巨泊。她的生命短暂，而且身世坎坷，迭遭不幸。她失去的不少，而所得可能更多；她像冷月、闲花一样悄然陨落，却长期活在后世读者的心里；她似乎一无所有，却在文学史上留下了一串坚实、清晰的脚印，树起了一座高耸的丰碑。她是不幸的，但也可以说，她是很幸运的。

——摘自《青天一缕霞》

骆宾王不仅以其出色的诗文，光耀文学史册，而且，还是一位敢爱敢恨、无所畏惧的勇士。在他的身上，充溢着那么一种骨气，一种正气，一种侠气，一种值得称道的高尚品格。

——摘自《骆宾王祠联》

（孔子）他老人家以其毕生的思想、实践，帮助我们现代人完善了一条观照人生、反思自我、修身立德的传统思路。他所开展的精神活动，创造的文化成果，特别是许多优秀的传统理念，反映了中华民族的精神追求，为我们今天构建社会主义核心价值观提供了宝贵的思想文化资源。我们应该感念他，敬重他。

——摘自《孔子，在我心中》

理解孔子，谈何容易；但从感性上，却是觉得越来越接近了。在我心中，他是一位情感丰富，近人情，讲人性，很有人格魅力的长者。

——摘自《孔子，在我心中》

从公元前286年伟大的思想家兼文学家的庄子去世，到公元1715年（清·康熙五十四年）伟大的文学家而兼思想家的曹雪芹诞生，中间整整相隔了两千年。在这两千年时间长河的精神航道上，首尾两端，分别矗立着辉映中华文明以至整个世界文明的两座摩天灯塔——两位世界级的文化巨匠。他们分别以其哲学名著《南华经》（《庄子》）和文学名著《红楼梦》，卓立于世界民族文化之林。

——摘自《两千年的守望》

综观曹雪芹的一生，以贫穷潦倒、维持最低标准的生存状态为代价，换取人格上的自由独立，保持自我的尊严与高贵，不肯苟活以媚世；精神上，从容、潇洒，营造一种诗性的宽松、淡定的心态，祛除一切形器之累，从而获得一种超然物外的陶醉感与轻松感。这一切，都是与庄子相类似的。

——摘自《两千年的守望》

（庄子、曹雪芹）他们都是旧的传统礼教的叛逆者，反对儒家的仁义教条，厌弃"学而优则仕"的世俗观念，批判专制，警惕"异化"。要之，他们都是物质生活匮乏而精神极度富有的旷世奇才。

——摘自《两千年的守望》

庄子是中国思想史上第一个提出争取和捍卫人的自由的思想家。高扬自由意志，追求个性解放，可说是《庄子》的一条红线，也是庄子思想影响后世的最重要的一个方面。而曹雪芹，则把自由的思想意志奉为金科玉律，当作终身信条，他正是通过贾宝玉这一典型人物的典型性格，来集中阐扬这种精神意旨的。

——摘自《两千年的守望》

面对那些宏伟的工程，再扫视一番朱工（朱序弼）的年迈多病的孱弱身躯，我真想发出一声浮士德的呼唤："这太美好了！请你停一停。"然而，他是绝不会停歇的。他并非像浮士德那样特别着意于"尘世生涯的痕迹"，也不想"享受现在这个神圣的瞬间"，他只是要奔向下一站，不断地踏上新的行程。就在人们沉浸在黑龙潭林木园硕果累累的欢乐时刻，朱工却在一个星花寥落的清晨，背起行囊悄然上路了，"挥一挥衣袖，不带走一丝云彩"。人们记得，当时他留下这样一句话："我的目标是创建十个八个民办植物园。"

——摘自《留下片片绿荫》

作为知名专家，朱工（朱序弼）退休之后，接到过多处高薪延聘，都被他一一谢绝了。他专门看中了这类不给任何报酬的活干，一干就是十几年。除了这几处植物园、灌木园，他还在毛乌素大沙漠中创办了第一个珍稀濒危花木园，建成了高质量的保存绿色树木资源和珍稀花木的基因库，全都是尽义务。过春节时，当地一位老先生送给朱老一副对联："视草木如金银，视金银如草木。"可说是对这位超凡脱俗的林业工程师最好的生命诠释。

——摘自《留下片片绿荫》

贾谊不愧是一个盖世奇才，虽然远离枢要，却能高瞻远瞩，居安思危，透过当时政治局势的表面稳定，看到了里面潜伏着的严重危机。针对中央政权同地方诸侯王之间的矛盾，汉王朝同北方匈奴奴隶主政权之间的矛盾，接连多次向文帝上疏，其中最著名的就是《治安策》，就政治、经济、军事等多方面的问题，写出见解深刻、针对性极强、富有高度预见性的政治评论。单就文学性来说，这也是一篇具有典型意义的优秀散文，以其说理透彻、逻辑严密、气势磅礴而垂范千古，传之久远，对后世的散文写作产生了深远影响。鲁迅曾说，贾谊与晁错的文章"皆为西汉鸿文，沾溉后人，其泽甚远"。毛泽东也予以高度评价，说："《治安策》一文是西汉一代最好的政论，贾谊于南放归来著此，除论太子一节近于迂腐以外，全文切中当时事理，有一种颇好的气氛，值得一看。"

——摘自《洛阳年少》

耐人寻味的是，同是掘井得泉，伏波将军的行迹却被后人神化，千秋筑庙奉祀，凌驾于万民之上，人们自然敬而远之；而诗翁东坡则截然相反，他置身于群众之中，力求做一个货真价实的"黎母之民"，老百姓便也接纳了他，把他看成是自家人。

——摘自《春梦留痕》

九百年间，世事纷纭，沧桑变易，外边世界走马灯般变幻无常，"乱哄哄你方唱罢我登场""大江东去，浪淘尽千古风流人物"；而坡翁以风烛残年的一介流人，却能世世代代活在黎、汉两族人民的心里，未随时间的洪流荡然汩没。这一方面说明了公道自在人心，历史是公正无私的；另一方面，也反映出他的感人至深的人格魅力和精神力量。

——摘自《春梦留痕》

作为富有批判性的思想家，李贽勇于抨击封建意识形态，否认圣人的绝对权威，反对"以孔子之是非为是非"。他贬抑儒家，不承认孔学正脉，而推崇诸子百家，认为只要论道有理，不限何宗何派，都应成为研究的对象。

——摘自《龙湖之会》

袁枚的性灵说和《随园诗话》，声闻超绝，名满天下。时至今日，仍有其积极进步的意义和较高的认识价值。尽管《诗话》与诗作均不无可议之处；但瑕不掩瑜，作为一代诗坛盟主，袁枚应该说是一位有功于中国诗坛乃至整个学术文化的真才子、大诗人。

——摘自《其人与笔两风流》

曾国藩以匡时济世为人生的旨归，以修身进德为立身之本，采取积极进取的人生态度，这无疑是承传了孔孟之道的衣钵，但他同时，也有意识地吸收了老庄哲学的营养。他是由儒、道两种不同的传统生命智慧煅冶而成，因而能够站在更高的层次上，可以说，他是中国历史上兼收孔老、杂糅儒道最为纯熟、最见功力的一个。

——摘自《用破一生心》

作为一种文化现象，李鸿章的出现不是偶然的。他是腐朽没落、外强中干、色厉内荏的晚清王朝的社会时代产物，是中国官僚体制下的一个集大成者，是近代官场的一个标本。

——摘自《他那一辈子》

"感人心者，莫先乎情"，这是白居易与元稹论诗时提出的观点。首先在做人、交友上，元、白二人就身体力行了。每番展读他们的诗集，都为那种真挚的深情所感染。

——摘自《皖南杂识》

古人说，人之有苦，为其有欲，如其无欲，苦从何来？曾国藩的苦，主要是来自过多、过强、过盛、过高的欲望，结果就心为形役，苦不堪言，最后不免活活地累死。

——摘自《用破一生心》

许多人拼搏终生，青灯皓发，碧血黄沙，直至赔上了那把老骨头，也终归不能望其项背。某些硕儒名流，德足为百世师，言可为天下法，却缺乏煌煌之业、赫赫之功；而一些建不世功、封万里侯的勋臣宿将，其道德文章又未足以副之，最后，都只能在徒唤奈何中咽下那死不甘心的一口气。求之于历代名臣，曾国藩可说是一个少见的例外。

——摘自《用破一生心》

刘邦晚年刻刻在念的，是铲除隐患以确保"家天下"长治久安。在他看来，谁的功劳最大、威望最高、能力最强，谁就是最大的隐患。

——摘自《当人伦遭遇政治》

由韩信这一盖世英豪的可悲下场，导出后代登坛拜将者害怕建功立业的惊世骇俗的结论。大功告成之日，正是功臣殒命之时。为什么是这样？晚清袁保恒的诗做了回答："高祖眼中只两雄，淮阴国士与重瞳。项王已死将军在，能否无嫌到考终？"

——摘自《当人伦遭遇政治》

作为一位具有传奇色彩的女英雄，秦良玉在中国历史上创造了多个"唯一"与"第一"：作为女性，纯粹以个人功业，而非由于美貌绝伦或者悲惨遭遇，引发后代诗人关注，竞相以文学作品赞美的，数量之多，分量之重，秦良玉也成了中国历史之最。

——摘自《石柱擎天一女豪》

卓文君，面对深重的精神创伤和被抛弃的悲惨命运，她既不是悲悲切切、懦怯无力，也不是张牙舞爪、仓皇失措；而是以理智、镇静的态度，痛苦中追思昔日的温馨与情分，冷峻中显现出果断与决绝。

——摘自《勇哉，卓文君》

在李师师心中，却并未作如是想，更不会怎么留恋于枕席缱绻之情；相反，她倒是一面应酬着委身于皇帝，一面却另外有所倾注——在她的心灵深处，还屹立着一个令她倾心钟爱的男子。这个人就是周邦彦。

——摘自《李师师的真爱》

聂赤从天上下凡到人间，当了"王"，实际上，也许就标志着从原始社会进入出现阶级萌芽的社会形态。

——摘自《文成公主》

从西藏到青海，走遍藏族地区，随处都能听到对文成公主的颂赞。作为未曾出过都门一步的少女，以其宏伟的抱负、非凡的胆识和千古卓绝的献身精神，毅然离开温柔富贵之乡，放弃安乐尊荣的生活，踏上了冰封雪裹、岭峻山高的天涯险境，来到荒凉僻塞、言语阻隔、风习迥异的雪域高原，充当促进汉藏经济文化交流的伟大使者，实在是旷古罕闻，难能可贵的。

——摘自《文成公主》

他（唐僧）是举世公认的杰出的翻译家、旅行家和宗教哲学理论家。鲁迅先生赞颂中国的"脊梁"，其中"舍身求法"者即包括他在内。他不仅在国内有深远的影响，而且，世界各国对他都有很高的评价。

——摘自《三个唐僧》

在庄子看来，万物本乎自然，一切都是相对而存在的；万物本齐，物我可泯，死生一如，有无、大小、美丑、是非无不处于相对状态；唯于生命自由、精神解放持绝对态度。这种不依凭任何条件的"无待"的绝对自由，尽管不过是停留在精神层面上的一种理念，但在天下滔滔、举世迷狂的时代，面对颠倒众生的心为物役、人性异化的残酷现实，仍不失为一副净化灵魂、澡雪精神、提振人心的清凉剂。也正是这种绝对自由的精神追求与思想理念，使他获致了一种超拔境界与恢宏气象。

——摘自《逍遥游》（增订稿）

客观地说，杜甫之未能登龙入仕，建不世之功，创回天伟业，除了时代环境、社会条件的限制，也有他个人的因素在。同李白一样，从根本上讲，他算不上一个合格的政治家，他们只是诗人，当然是伟大的天才诗人。虽然他胸怀壮志，高自期许，但他并不具备政治家应有的才能、经验与素质。他个性突出，刚正，率直，刻板，认真，动辄激昂慷慨，犯颜直谏；在云谲波诡的政治变局中，不善于审时度势、见机而作，缺乏应有的适应能力。他在任谏官左拾遗这个从八品官时，曾频频上疏，痛陈时弊，以致上任不到半个月，就因抗疏营救房琯而触怒了肃宗皇帝。房琯为玄宗朝旧臣，原在伺机清洗之列。而杜甫却不明白个中底细，不懂得"一朝天子一朝臣"的事体，硬是坚持任人以贤、唯才是用的标准，书生气十足地和皇帝辩论什么"罪细，不宜免大臣"的道理，最后险遭灭顶之灾。

——摘自《诗圣的悲哀》

东坡居士的哲理诗，主要是围绕着人生问题展开，抒写其多舛人生的偶然性、有限性、缺憾性、悲剧性；而不同于其他诗人的，是他在涂抹苍凉底色、流露感伤意识的同时，提供了心灵解脱、形神超越、清旷闲适、自在悠然的独特体验。诗人以审美的眼光、辩证的思维，观照社会事物、自然现象和体察、感悟人生，进而上升为哲思理趣，转化为诗性智慧。在这里，诗词为哲思提供了展现智慧的平台，哲思使诗词获得了升华的阶梯。作为智慧文学，这一诗苑奇葩，其价值所在无疑是哲思理趣，诗情、诗性却是其生命的根基，存在的理由。

——摘自《诗有灵犀》

苏轼善于从禅宗思想中找出可以与诗艺相通之处，从而张扬以至开创了"以禅喻诗"的风气。

——摘自《诗有灵犀》

回到长安后，他（玄奘）悉心翻译佛学经典，共译出《大般若经》《心经》《解深密经》《瑜伽师地论》《成唯识论》等重要经典七十五部，计一千三百三十五卷，占唐代翻译佛经总量的一半以上。其间，他还把《道德经》《大乘起信论》译成梵文，把中华传统文化介绍给了印度等国。

——摘自《唐僧玄奘的四种形象》

鲁迅先生赞颂中华民族的"脊梁"，其中"舍身求法"者，玄奘是主要人物之一。这位唐代高僧不仅在国内备受尊崇，影响深远，而且，世界各国尤其是印度，对他都有很高的评价。

——摘自《唐僧玄奘的四种形象》

他（袁阔成）是"艺以化人""寓教于乐"的忠实维护者,十分反感"听书只图个热闹,只是乐和乐和"的说法。我曾听他愤激地指斥:"图个热闹——怎么可以这么讲呢？我们不能忘了艺术的价值。"他一贯主张评书是严肃的艺术,提倡高雅,反对粗俗。他尤其重视艺风、艺德,强调"人有人格,艺有艺格"。我注意到,他每次登场,都很重视仪容。即便是在地里干活,休息时应社员请求,临时打场,自然来不及换装,但也总要从衣袋里掏出小梳子,拢一拢头发,迅速进入"端乎其形,肃乎其容"状态。这里反映出,他对于祖国的传统艺术,人民的文艺事业,秉持一种敬畏的心理。

——摘自《忆昔倾谈龚尚青》

先生（沈延毅）作字,悬腕竖掌,中锋行笔,指、腕、肘并力于毫端。据说,老人年轻时,曾有幸拜识旅居大连的康有为先生。南海书艺格调超拔,兼容汉魏,在清末书家中独树一帜。他从南海挥毫作字中体悟真诠,经过简练揣摩,谙熟于心,遂使茅塞顿开,逐渐形成自己独特的书体风格。他勇于创新,不袭窠臼,以行书来写魏碑,同时杂糅汉隶,熔碑帖于一炉,雄健中显现蕴藉、温雅,峻劲挺拔,拙媚相生,非常耐人寻味。欣赏先生的法书,实是一番难得的高品位的审美艺术享受。

——摘自《人天永绝　长歌当哭》

总的感觉是,很大气,有大家风范。洗尽铅华,不事雕饰,非常实在；深邃的蕴意,却以通俗、简约的语言出之；姿态平和,游刃有余,感觉不到吃力,但所谈问题,有创见,针对性强,直抵要害。不像当前有些评论那样惨淡经营,左支右绌,有"举鼎绝膑"之势。

——摘自《石杰其人其文》

散文创作是一种表达生命体验和内心情感,充满主观色彩的文学样式。爱娟女士善于将客观社会生活和自然图景同主观情感很好地融合在一起。

如同前面说过的，其中既有思想的强大冲击力、理性的饱满张力，更有富于审美的、艺术的感染力。它能通过情感和形象的途径，把文学艺术的魅力展示出来，以引发读者长久的感动和深沉的思考。

——摘自《拥有着是一种幸福》

她以一种从容、自在的心态，不温不火、疾徐有致地顾自在那里娓娓动人地诉说着。语言是清新、劲健的，朴实而亲切，颇似汩汩清溪在平畴旷野中轻轻地流淌着，没有闹市的喧嚣，没有怒潮的喷涌。她的行文显得很娴静，不像有些年轻女作家那样激情四溢，喷薄而出。她笔调流畅自然，不矫揉造作，不张狂作秀，不故作高深，流露出一种"清水出芙蓉，天然去雕饰"的自然之美。

——摘自《拥有着是一种幸福》

庄子的心灵世界极度复杂。他是相当孤独的，但凡先知先觉和有大智慧的人都是孤独的。因为他们的神理过于高妙，不能为一般人所理解。庄子的内心里，确是丘壑密布，块垒重重；可是，他善于化解。

——摘自《关于庄子的答问》

在中国现代文学史上，有"鲁、郭、茅，巴、老、曹"之说。作为当之无愧的"人民艺术家"，老舍先生的艺术深深植根于人民大众之中，他的作品融平民意识、现代意识、地方色彩和执着的文人气质于一体，那种具有悲剧性的幽默风格，尤其为中外读者所深爱。

——摘自《遗爱长存》

庄子所处的战国中后期，堪称中国社会典型的乱世，既有政治的动乱、社会的混乱，又有人心的紊乱、思想的淆乱；既诱发出人的欲望无限放纵、磅礴膨胀，又表现为活力四射、激情洋溢。由于它是伴随着经济社会、思想文化全面的转型与裂变，因而呈现出社会整体的动荡不安、险象环生。说是"天崩地坼"，不为过也。

——摘自《逍遥游》

作为感觉最为敏锐，因而思想也最为痛苦的时代灵魂，庄子以一介平民，对于政治的污浊、人间的苦难、生民"桎梏""倒悬"一般的生存困境，特别是包括自己在内的知识分子的悲剧命运，有着独特的认知与深切的体悟；并通过自己的心智、性灵、情感的陶铸，把这种生命体验以言语和文字的形式表达出来，构成了一份撼人心魄的精神遗产。

——摘自《逍遥游》

面对现实生活中的悲剧存在，同苦难大众有着紧密联系的庄子，自然是悲剧意识填胸塞臆。论其基调，应该属于入世情怀，但他却以出世的冷眼观之；而在悲凉、绝望的背后，在其生命的底层，更是翻腾、涌动着茫茫无尽的愤激之情。

——摘自《逍遥游》

7世纪上半叶，同中原的大唐王朝相辉映，强盛的吐蕃王朝在祖国西南边陲鹊然兴起。如同唐王朝的繁荣总是和唐太宗李世民的名字联系在一起一样，吐蕃王朝的兴盛，也是同它的开创者松赞干布和他的妻子文成公主分不开的。他们都是中华民族历史上的杰出人物，而且，生活在同一时期。

——摘自《文成公主》

历史上中原王朝与少数民族政权之间的和亲，就更是一种道地的政治行为。而7世纪中叶松赞干布与文成公主的雪域奇缘，则是在政治行为之外，加上了一层发自真情的爱恋。不能不说，这是一种特殊现象。

——摘自《文成公主》

在《朝花夕拾》中，鲁迅先生以中年怀抱追忆了童年的般般往事，再现了当年生动逼真的生活图景，使我们看清了在接受传统文化的陶冶的同时，儿童生命固有的活力，任情适性的纯真，以及人的生命的本性，如何在成文的教本和不成文的风俗的包围之下，遭到肆意的摧残。

——摘自《因蜜寻花》

一切反动统治者对于异端思想都是绝不留情的。他们钳制思想、驯服心性的"驭人术"，竟惊人地一致。其共同目标是把所有的知识者驯服成俯首甘为奴役的"会说话的畜生"；而其操作规则，则都是分类处置：对死心塌地的忠顺奴才予以旌扬、褒奖；对野性未除、时有越轨言行的要严加整饬，务必使其从根性上得到驯化，乖乖地就范；对于那些矢志不渝、之死靡它的清醒者、叛逆者，杀无赦。

——摘自《龙湖之会》

政治斗争的残酷性，鲜血淋漓的教训，造成那些名士、畸人在生命形态和生活方式上，有意无意地出现一些畸形的变化。他们的人生以悲剧垫底，却表现出常人所难以理解的旷达和潇洒，当其得意，忽忘形骸。

——摘自《广陵散》

时代的飙风吹乱了亘古的一池死水。政治上的不幸成就了文学的大幸、美学的大幸，成就了一大批自由的生命，成就了诗性人生。他们以独特的方式迸射出生命的光辉，为中华民族留下了值得叹息也值得骄傲的文学时代、美学时代、生命自由的时代，留下了文化的浓墨重彩。

——摘自《广陵散》

在庄子哲学中，美具有核心地位。

——摘自《逍遥游》

伟大与永生，总是同社会发展、人类命运这些崇高的事业联结在一起。而且，时间无情，读者无情，留存下来的只能是精品。

——摘自《牛渚谈兵不见兵》

庄子的哲学思想，可以为"放得下"提供一种开阔、多元、超拔的认知视角。

——摘自《逍遥游》

人们在充分享得文明恩赐的同时，也日益感受到它的负面效应——发展进程中所产生的异己力量。

——摘自《逍遥游》

庄子的悲剧意识，是客观存在作用于主观情志，社会现状反映在心灵世界的产物。

——摘自《逍遥游》

天才，注定要为其超越于时代、超越于常人付出应有的代价，甚至要献出宝贵的生命。

——摘自《逍遥游》

一个人如果一味沉溺于嗜好欲望、感官享受，那么，他的层次就必然是很浅薄的，谈不上有什么灵思慧悟。

——摘自《逍遥游》

许多野生动物是非常明智的，在人类的疯狂捕猎面前，它们会机敏地实施自身保护的策略。

——摘自《逍遥游》

偶然性的东西是一种有必然性隐蔽在里面的形式。

——摘自《顿悟》

万事万物的大小都是相对的——如果把时空扩展到无限大或者缩微到无限小，那么，情况就完全不一样了。

——摘自《逍遥游》

即便不是多余之物，而纯属需要的东西，如果处置不当，也同样会产生庄子所说的"累人之害"。

——摘自《逍遥游》

忘，不仅在己，而且在人。日常生活中，备受关注，是人所普遍向往的；可是，吊诡的是，人恰恰是在那种无微不至的"关注"中，丧失了自我，丧失了自由，丧失了主动。

——摘自《逍遥游》

眼界越开阔，视野便越扩展，那么，所见到的客观事物的范围，便会越加宽广了；而随着视点、视角的变化，客观对象则会随之而发生变化，人们的认识也会有新的领悟，新的提高。

——摘自《逍遥游》

人和一切生物都是自然的创造物，自然则是人类诗意的居所。

——摘自《逍遥游》

动机与效果、主观与客观的关系，都提出一个从实际出发、信守实事求是的思维方式问题。

——摘自《逍遥游》

贫困属于经济状况，而潦倒、困顿则是一种心境，一种精神状态。

——摘自《逍遥游》

物我两忘的结果，是客体与主体的合而为一。

——摘自《逍遥游》

蜗居乡僻，困处一隅，对于一位思想家来说，不能不说是一种局限。

——摘自《逍遥游》

哲学与文学统一、结合，相融相生，互为支撑，相得益彰，这是《庄子》艺术上取得成功的关键环节。

——摘自《逍遥游》

诚然，凡是生命，都必然面临着生物的、物理的双重限定，任何强大的力量也无法改变"终有一死"的自然法则。

——摘自《逍遥游》

从哲学的角度看，生命的时间性限定也是可以超越的。

——摘自《逍遥游》

在人的整个生命历程中，有两样东西与形体相伴生成，不约而至：一者为病，一者为梦——阶段性出现的是病魔，夜夜相伴的是梦境。

——摘自《逍遥游》

在生命链条中，死亡是一种兼具物质与精神双重特征的现象。

——摘自《逍遥游》

畏死、避死的后面，是贪生、恋生，这在古今中外大多数人来说，是共同的心理。

——摘自《逍遥游》

周恩来总理在濒临生命终点时，郑重嘱咐："不能忘记老朋友。"这句普通至极的家常话语，却是饱含着生命智慧、人情至理的金玉良言。寥寥七个字，杂合着血泪，凝聚着深情，映现着中华文明伦理道德的优秀传统，闪射着伟大革命家高尚人格与政治远见的夺目光辉，当然，里面也渗透着我党数十年来斗争实践中正反两方面的经验。

——摘自《〈成功的失败者——张学良传〉序言》

在我们号称"礼仪之邦"的泱泱中华，自古就流传下来"挂剑空垄""一诺千金"的美谈。春秋时期，吴国的季札北行出使，路经徐国，拜见了徐君，徐君很喜欢季札所佩的宝剑，可是不好意思说出来。季札看出了徐君的心思，但是，衔命出使，代表国家，不能不佩带宝剑，因此未能即刻脱手相赠。等到他出使回来，再次途经徐国，马上想到要把宝剑赠予徐君。没料到，徐君已经去世了，感伤之余，季札便把宝剑挂在徐君墓前的树上，然后，才安心地离开。随从人员不解地问："徐君已经死了，为什么还要挂剑空垄呢？"季札说："话不能这么讲，当初我已经心里答应送给他了，不能因为他不在了，便违背了自己的本意。"至于"得黄金百金，不如季布一诺"的故实，则是发生在汉代的事情。

——摘自《〈成功的失败者——张学良传〉序言》

照一般规律，历经几十载的痛苦磨折，任是金刚铸就，顽铁锻成，也早已形同槁木，心如死灰。可是，他（张学良）丝毫不现衰飒之气，胸中依旧滚动着年轻人那样鲜活的情感和清新的血液，诙谐，活泼，一返童心，饶有风趣，充满了朝气。他身处逆境之中，却像圣人之徒那样，"人不堪其忧，回也不改其乐"，平常总是很开心的，特别喜欢逗趣，经常同人开玩笑。

——摘自《鹤有还巢梦》

当人们处在极端逆境之中，对于身体健康（其实也就是对待生命），往往采取两种截然不同的态度：一种是情怀抑郁，意志消沉，悲观绝望，自暴自弃，"破罐子破摔"，抱着混的态度；另一种则是主动适应变化了的环境，保持健康向上、积极进取的精神，爱护身体这一"事业的本钱"，条件越是恶劣，越是要注重养生，争取葆有一副健康的体魄。张学良正是这样。

——摘自《鹤有还巢梦》

老先生（张学良）并非完人，更不是圣者，高明之处在于，他比同时代的许多政治家看得开一些，能够拿得起，放得下。同他在一起，人们都感到很随便，很放松。他同一般政治家的显著差别，是率真、粗犷、人情味浓；情可见心，不假雕饰，无遮拦、无保留的坦诚。这些都源于性灵，映现出一种超然物外的人生境界。大概只有赋性超拔、心无挂碍、自信自足的智者、仁人，才能修炼到这种地步吧。

——摘自《鹤有还巢梦》

陶诗以人生态度与生命意识为根底，不违心，不矫情，不虚饰，不强求，"寄心清尚，悠然自娱"，在平淡的述怀中显现出身居乱世而洁身自好、一尘不染、自得自适的高尚品格，营造一种超功利的清淳淡远、天机洋溢的艺术境界。

——摘自《哦诗如对素心人》

告别了刻着伤痕、连着脐带的关河丘陇，经过一番精神上的换血之后，他（张学良）像一只挣脱网罟、藏身岩穴的龙虾，在这孤悬大洋深处的避风港湾隐遁下来。龙虾一生中多次脱壳，他也在人生舞台上不断地变换角色：先是扮演横冲直撞、冒险犯难的堂吉诃德，后来化身为戴着紧箍咒、压在五行山下的行者悟空，收场时又成了脱离红尘紫陌、流寓孤岛的鲁滨孙。

——摘自《人生几度秋凉》

　　清代诗人赵翼那句"英雄大抵是痴人"，深得个中三昧。"痴人"者，不失其赤子之心者也。没有满腔痴情，没有成败在我、毁誉由人的拗劲儿，不要说创建张学良那样的盖世勋劳，恐怕任何事业也难以完成。与痴情相对应的，是狡黠、世故、聪明。其表现，清者远祸全身，逃避现实，"跳出三界外，不在五行中"；浊者见风转舵，左右逢源。总之，都不会去干那"专利国家而不为身谋"的"舍身饲虎"之事。

——摘自《人生几度秋凉》

　　百岁光阴如梦蝶，椰风吹白了鬓发，沧波荡涤着尘襟，醒来明月，醉后清风，沧桑阅尽，顿悟前尘，认同"放下即解脱"的哲理，所谓"英雄回首即神仙"，"百炼钢"成"绕指柔"，也是人情之常。不过，细加玩味，就会发现，对于张学良这位世纪老人来说，问题未必如此简单。

——摘自《人生几度秋凉》

　　一般讲，传世、不朽要借助掀天事业或者道德、文章，即所谓立功、立德、立言。可是，张学良靠的是什么呢？他离所谓"圣贤的宝座"何止千里万里，而且也不以著书立说名世，所以立德、立言谈不到；至于立功，他的政治生命很短，满打满算不过十七八年，到了三十六岁就戛然而止了，以后足足沉寂了六十五年。在这种情况下，沉埋于岁月尘沙之中，完全被世人遗忘，当是情理中事。可是，在他来说，却是一个异数，一种少有的特例。不独在中国大陆，包括海峡对岸，直到世界范围内，张学良都是一位备受世人关注的人物，甚至可以说是一个明星级的当红角色，他极具传奇色彩和人格魅力，有着无限的可言说性。

——摘自《人生几度秋凉》

坚定的信念，闪光的个性，构成了人生的宝贵精神财富，成为人性中最具魅力的东西。纵观历史，"死而不亡"的不朽者，代不乏人，而后人对他们的记忆与称颂，除了辉煌的业绩，往往还包含着独具魅力的个性。大约长处与短处同样鲜明的人，其风格与个性便昭然可见。张学良是其中的一个显例。

——摘自《成功的失败者》

马克思指出，"异化的劳动……对工人来说是外在的东西，也就是说，不属于他的本质；因此，他在自己的劳动中不是肯定自己，而是否定自己，不是感到幸福，而是感到不幸，不是自由地发挥自己的体力和智力，而是使自己的肉体受折磨、精神遭摧残。……他的劳动不是自愿的劳动，而是被迫的强制劳动"。从唯物史观来看，作为客观存在的劳动者的创造物，无论其为德政下产生的，还是虐政下产生的，总是以其不朽的文化价值或者实用价值昭然展现在世人面前，而且会千秋万代地传留下去；不会因为它们的筹建者的是非功过、德与非德，以及当日血泪交迸的创造过程，而招致损毁，消光蚀彩。

…………

当代哲学家陈先达教授从历史与现实的差异和异化劳动的两面性的角度，对此类社会现象做过精辟的分析。他说："历史与现实不完全相同。人们游览金字塔，赞叹古埃及人的创造力，但并不介意有多少万奴隶以生命的代价创造了这个奇迹。同样，人们参观长城、十三陵，以及北海、颐和园，绝不会想到这是多少劳动者的血和泪。历史留给后人的是成果，而不是创造过程；是创造性的辉煌，而不是辉煌背后的血泪。因为历史是已经逝去了，而永存的是人的创造力。尽管异化劳动是非人的，异化劳动的成果却可以是动人的。这是审美价值和历史史实的重大区别。"

——摘自《异化劳动的成果》

苏东坡说"不识庐山真面目，只缘身在此山中"；而清代诗人赵翼却说，这是欺人的妄语（"谰语"），完全不是那么一回事。同样是游览庐山，同样是说认识庐山的真面目，前者说，必须出乎其内，到外面去；后者却说，只有深入到里面去，才能看清楚。两人都是身临其境，都是以切身体验为立论基础，可说是凿凿有据，谁也不是"郢书燕说"、道听途说。那么，应该如何判定是非，到底相信哪一个结论呢？

只能说，两位讲的都对。问题的症结所在，是从哪个角度去看，或者说，他们的立足点存在着差异。苏轼是从宏观的角度，采取"全景画"式的视角，去探寻"庐山真面"，所以有"横看侧看""远近高低"之说。按照这个要求，自然得站在外面，而且必须是登高俯瞰全景，单是局处山中某一角落观察，是无法实现的。而赵翼所讲的，是了解内部景色，青幽的翠峦，崚嶒的山势，狞怪的巉岩，俯冲的飞瀑，无一不隐蔽在层峦叠嶂之间，你在外面是无从领略的。

这场争议，给予我们的启发是，辩论也好，对话也好，光有同一话题不行，还必须对焦在同一视角上。就像庄子与惠子的"濠梁之争"一样，一个是以审美的视角，说"鲦鱼出游从容"；一个是以科学的视角，反问"子非鱼，焉知鱼之乐"。那样，还能说到一起去吗？

——摘自《视角的差异》

古人有"与老无期约，到来如等闲"（刘禹锡），"老似名山到始知"（陈古渔）之诗句。说的是，对于老的觉察、认知，来源于切身体验。最典型的是大词人辛弃疾，五十岁上下吧，他就曾低吟："不知筋力衰多少，但觉新来懒上楼。"懒于登楼，确是年岁未必特别大而身体十分衰弱的人最显著的感觉。在这方面，赵翼讲述得也十分细致。不独形体、面貌方面，也包括目力、精力。你看他的这首七绝："两目虽存力减前，临文敢怨视茫然。自从六岁攻书起，我已劳他七十年。"他在五十八岁时写过一首《老境》，一开头就说他少时对柳下惠"坐怀不乱"的修为表示怀疑，认为事实未必存在："柳下自言耶？真伪未可判；女出告人耶？亦难作定案。"那么后来呢？"今我老境来，始信语非谰。从前好风怀，久作春冰涣，即令伴横陈，味已嚼蜡换。"意思是，年老以后，什么色情、风怀都涣散无余了，即便是与年轻女郎横陈同榻，也已经味同嚼蜡了。

　　这些体会都是切实而真切的，绝非"为赋新词强说愁"。有些文友发现杜甫、苏轼张口"野老"闭口"老夫"，感到奇怪，甚至认为矫情；我倒以为，恐怕都属实情，韩愈就说过："吾年未四十，而视茫茫，而发苍苍，而齿牙动摇。"大抵旧时文人骚客失意者居多，生计艰难，却又呕心作赋，面壁穷经，"焚膏油以继晷，恒兀兀以穷年"，自然心神劳损，未老先衰。这一切，都是不难理解的。

——摘自《诗人谈老》

　　著名诗人袁枚诗云："成败论千古，人间最不公！""以成败论英雄"之所以不公，道理在于：我们所说的英雄，应该是才能出众、勇武过人、具有英雄品质、志存高远、为正义而献身、长期活在人民心中的杰出人物，单单以一时的成败是论不出英雄的。况且，为成为败，都是相对于具体目标而言，而这种目标即便是高尚的，实现与否，往往受到客观条件的制约；单以成败衡量，会片面地夸大功利意义，而诱导一些人为了达到目标而不择手段，这既不公正，更十分有害。

——摘自《论史者戒》

第二部分 灵犀照烛

像人一样,有灵魂,有根脉,有蕴意。这本书的蕴意、根脉、灵魂是什么?是文化。

——摘自《散穗夕拾》

心灵上的锁链脱掉了,一种火热的激情和昂扬的活力喷涌而出。

——摘自《文学述往》

在拥抱知识的同时,必须善于穿透知识,冲破知识的樊篱,这样才有望释放出丰富的想象能力和人性的光泽。

——摘自《致石杰》

以往历史理论一味强调历史是进步的,前途是光明的。这种历史观容易导致人们对历史进程抱着盲目乐观的单向思维,很可能对历史逆流放松警觉。

——摘自《致石杰》

自然界与人有着本质的界限,而历史上的人类活动,除了作客观的考究之外,还必须借助认识主体自身的人生经验去进行体察。

——摘自《致石杰》

旧时代的往事,即使是金色的童年,也都是苦涩的,只是由于经过岁月的洗涤,那些苦难的因子已经滤除,留下来的多是青灯有味,忆念无穷了。

——摘自《致王光》

尽管整天生活在关爱与尊崇(都是出于至诚)的簇拥里,但仍然时时有"提刀却立,四顾苍茫"的孤独感。

——摘自《致张大威》

一切都充满了悖论，充满了未知数，似乎有一只看不见的手在背后拨弄着，似乎冥冥之中存在着一种决定人一生命运的神秘力量。

——摘自《致王先霈》

面临重大抉择时，往往失手，不是失给对手，而是失给自己，败在了内心的"在乎"。

——摘自《致李磊》

两人若是过于亲密，一点距离、一点空隙、一点差异都没有了，彼此间的一切都是公开的、同一的，私人空间完全丧失，其结果是物极必反，反而会使亲情、友情化为乌有，最后会导致疏离与破裂。

——摘自《致李磊》

一切依靠别人，围着他人转，成天看人家脸色行事，即便是亲朋、挚友，待到情况一变化，就像藤萝绕树似的，树一倒，自己也就轰然垮台了。

——摘自《致李磊》

人生宛如河流，江之始出，狂奔怒啸，人在青少年时，也是意气拿云；人过中年，就像江流入海之际，心境宽广，静观默察，一如浅水浮花，波澜不惊。如能平心静气地坐下来交流所见所闻、所知所感，话题会更丰富，谈资更有助于借鉴，益处可能更多。

——摘自《致李磊》

年轻是财富。但富有者可能照样空虚；只有同知识、智慧结合起来，才可称为充实。古人云"充实之谓美"。

——摘自《致向平》

我们应该通过经典阅读，锻造思想的营养钵。思想之花，是永不凋败的。

——摘自《致向平》

人们可以通过平静而真切的回忆，去解读那多彩多姿的生命流程，揭示已不复存在的事物本相，汲取宝贵的人生经验。如果再进一步，能够把它写在纸上，形诸文字，那就无异于重现一个个鲜活的生命真实，描绘出种种生灭流转的人生风景，这对他人、对来者都是很有意义的。

——摘自《回头几度风花》

爱情不是来去无踪的神秘天使，也不是随手可拾的寻常草棍，而是发生于两性之间的符合人伦道德的爱慕之情。它是感情与理性、自发与自觉、本能冲动与道德文明、直观与愿望、现实与理想的对立。

——摘自《两个爱情神话》

淡泊，是一种人生哲学，一种生存方式，也是一种审美文化。它的内涵十分丰富，大体上涵盖了平淡、冲淡、素淡和散淡等多方面的意蕴，反映出一个人内在的襟怀与外在的风貌，但集中地表现为一种人生境界，精神涵养。

——摘自《收拾雄心归淡泊》

平淡不是消沉，乃是修养已深，思想和见解均已成熟，返于纯粹自然，而无丝毫做作。因为是自然的表现，不能包装，也无法模拟。

——摘自《收拾雄心归淡泊》

我也颇得益于郊原闲步。我体会，在大自然里以自由姿态来往，很快就会融为它的一部分。每一个黄昏都是一场亲切的告别，每一个黎明都是一次愉快的邀请。当沐浴着晨风，踏上一片新绿，你会惊异于生命自身的伟大。野草，看去是那么卑微、柔弱，却异常顽强，任凭野火焚烧，牛羊践踏，只要春风拂过，照样绿意葱茏。

——摘自《三过门间老病死》

大概生活中偶然的东西一多，人们就容易陷入精神的误区，难免在科学与迷妄、必然与偶然、存在与虚无之间茫然却顾了。

——摘自《三过门间老病死》

得过一场大病，懂得一些生活的辩证法，也增强了承受能力。就这个意义来说，病床也是大学校。

——摘自《三过门间老病死》

看得出来，人生的苦楚，确实常常来源于贪心过重，索要的太多，来源于整天攀比。

——摘自《三过门间老病死》

面对茫茫翠野，这雄浑壮美、涵容万汇的大自然，即使幽忧抑郁填胸塞臆，也会涣然冰释，还你一副潇洒、坦荡的情怀。

——摘自《三过门间老病死》

在母亲永远离开我的时节，当时的感觉，就是花儿离开了泥土，鸟儿无家可归，一天到晚，忽忽悠悠，心神不宁，像辞柯的黄叶，飘飘摇摇，像懒散的白云，浮漫无根。

——摘自《母亲的心思》

历史上许多奇才俊逸之士，没身草泽，不为朝廷与社会重视，直到显露了才华，做出了贡献之后，人们才赏鉴其才识，但因贫病摧残，心身交瘁，往往为时已晚。

——摘自《昙花，昙花》

大抵旧时文人骚客失意者居多，却又耽于幻想，不切实际，劳生有限而想望无穷，一旦与现实发生冲突，便不免感慨兴怀，嗟卑叹老。又兼呕心作赋，面壁穷经，"焚膏油以继晷，恒兀兀以穷年"，自然心神劳损，未老先衰。这一切，都是不难理解的。

——摘自《人过中年》

时间又是一匹生性怪诞的奔马，在那些对它视有若无、弃之如敝屣的人面前，它偏偏悠闲款段，缓步轻移，令人感觉着走得很慢很慢；而你越是珍惜它，缰绳扯得紧紧的，唯恐它溜走了，它却越是在你面前飞驰而过，一眨眼就逃逸得无影无踪。

——摘自《人过中年》

人们的理想、追求差异很大，同样，兴趣、快活之类的体验，也往往是"如鱼饮水，冷暖自知"，他人难为轩轾，更无法整齐划一。所谓"趣味无争辩"，就正是这个意思。有些老年人把含饴弄孙、庭前笑聚视为暮年极乐；也有许多人，或投身"方城之战"，或加盟胜地之游，或垂竿湖畔，或蹁跹舞场，或终日与"方脸大明星"——电视机照面。

——摘自《人过中年》

青年人也应该意识到自身所肩负的责任。青年时期正值学龄阶段的后半期，是奠定知识鸿基的关键时刻，又处在工作阶段的开端，因而亟须掌握实际本领，取得独立工作能力。

——摘自《我也会老吗？》

实际上，每个人都有一个内宇宙，天性中都蕴含着自然母亲赋予的感受力和创造力，都应拥有气吞八荒、胸藏万汇的气概和权力。

——摘自《岁短心长》

在现实空间越来越狭窄的情况下，人们竟能在这里开启一扇精神之门，剥离物质世界五光十色的表象，回归人文精神的家园，释放一下现代人过重的精神压力，放飞那不无沉重的浪漫，展示着不倦的追忆，去践履那没有预定的心灵之约，多一份对人生的感悟，多一份创造的激情。

——摘自《一"网"情深》

一诗一词，都可化烦恼为菩提，润为祛病良方。每当心境窒塞、愁闷难堪之时，吟诵一过，细加涵咏，未始不能获得精神上的解脱。

——摘自《化烦恼为菩提》

烦恼源于心态失衡。纠结种种事端无法摆脱，自难心安理得。想得开方能放得下。解脱与否，不独关乎修养，尤其体现一种人生境界。有些智者，素常却予人以"痴愚"错觉，这倒不是故意装憨，而是人生智慧的映现，一般人是学不来的。

——摘自《化烦恼为菩提》

即便是由于遭逢不幸，或者偶然的灾患临头，生命注定是一场悲剧了，那么，我们也不妨以抗争的形式，让它放出一番粲然可观的亮色。

——摘自《化烦恼为菩提》

追求比占有更使人感到快慰，感到幸福；充满希望的追求，总是比实际到达目的地更有吸引力。有些人占有欲很强，但未必就能得到真正的幸福。世间能够到手的东西毕竟有限，而占有欲却会无限地膨胀。以有限逐无限，必然经常处于失望、苦恼之中。

——摘自《追求》

在理想与现实之间还有一段似近实远的途程。要想到达目的地，就须驾上奋斗之舟，不懈地划桨。

——摘自《追求》

进入社会就如同一场大幕拉开，各自扮演着不同的角色，活着在舞台上奔波，死了等于从舞台上退下。只是，人生这场大戏是没有彩排的，每时每刻进行的都是现场直播；而且是一次性的、不可逆的。不像戏剧那样，可以反复修改、反复排练，不断地重复上演。

——摘自《戏鉴人生》

两面派的可怕之处，在于他们是在高度自觉、极端清醒的状态下策划种种罪恶活动的。

——摘自《戏鉴人生》

保鲜爱情的真谛，莫过于相互信任。两人深相爱慕，彼此坚信不渝，任何阴谋毒箭也难以中伤。反之，猜嫌、疑忌，将会像镪水一般戕蚀着恋人们的爱情，最终将抱憾终天，铸成大错。

——摘自《银幕情深》

我们生活其间的现实世界，迁变流转，百象纷呈，若要透过种种现象（有一些还是假象）看清其本质，由隐蔽进入澄明，进而找出规律性的认识，总离不开文史哲等人类智性活动的导引。

——摘自《银幕情深》

患病，无疑是一件倒霉的事。但是，得过一场病，可以为自己挣得一份认识上、生理上的财富。只要能够正确对待，它就会产生一定的积极效果，那就是可以使人懂得一些生活的辩证法，增强对于灾难的预防能力、应对能力和承受能力。所以说，病床也是一座大学校。

——摘自《病床也是大学校》

散步是一件至为平常的生活小事，可它又是一个大题目，大到可以写一部专著，有许许多多话题可供研究、探索。

——摘自《散步的历程》

老年时节，需要做而且能够做的事情依然很多。在绚烂斑斓的黄昏丽色中，完全可以继续演奏着生命真实的凯歌。

——摘自《老有所为》

山在人类生活中，是不可分割的一部分。无论是石器时代、青铜时代还是铁器时代，先民们每前进一步，都会感到山是和人一道存活着的。

——摘自《辽海春深〈家山〉》

由于大山高插云霄，上接穹宇，常被认为是上达天庭的最佳阶梯；而从它的巨大体量和坚劲的线条中，则能读出对于人的藐小与软弱的嘲弄。

——摘自《辽海春深〈家山〉》

无分古今中外，评价一个为政者，像作家看作品、农民种地看收成一样，一律都是非常看重的。

——摘自《辽海春深〈八卦城前有所思〉》

在桓仁县，其他官员，人们淡忘如遗，唯独对首任知县章樾情有独钟，永志不忘，就是因为他给百姓、为社会做出了突出贡献。

——摘自《辽海春深〈八卦城前有所思〉》

我们这些活在当下的普通人，则乐得凭着兴趣，出于好奇心理，追踪这些石上精灵的脚步，穿越时空的隧道，来翻检远古劫余的影集，左猜右猜、里猜外猜生命史中说不清道不明的种种谜团。

——摘自《辽海春深〈石上精灵〉》

偶然性丛生的地方，就会带来一种神秘感，产生无边的困惑，难免在科学与迷妄、存在与虚无、规律与宿命之间茫然却顾了。

——摘自《辽海春深〈石上精灵〉》

即便是文化繁荣、科技昌明、智能高扬的现代，人们的思维能力也还是很有限的，以致所面对的外部世界，仍然到处都存在着广大的盲区和空白。

——摘自《辽海春深〈石上精灵〉》

大自然所加于人类的灾难，为什么日益频繁、日趋厉害？换句话说，我们要不要反思一番：人类过分迷信自身的威力，以致无情地掠夺自然、糟蹋环境，带来了怎样的后果？

——摘自《辽海春深〈石上精灵〉》

在许多情况下，人只有到了生命的尽头，才开始悟解到生命的可贵、生存的价值，出现重新看待生命的"惊蛰"——对于生命的觉醒。人生就是这样，只有失去之后，才懂得加倍的珍惜。

——摘自《辽海春深〈石上精灵〉》

死亡，与其说使人体验到生命存在的长度，毋宁说是使人体验到解悟生命的深度。

——摘自《辽海春深〈石上精灵〉》

有些人平时贪得无厌，私欲贲张，自以为可以无限度地掠夺一切，到了生命再不能延续的时候就会知道，原来自己也不过是个普通的角色，任何人都逃不过死亡的关口。

——摘自《辽海春深〈石上精灵〉》

世上许多苦难，都可以想法躲避，实在躲避不开就咬牙忍受，一挺也就过去了，唯独死亡是个例外。

——摘自《辽海春深〈石上精灵〉》

一切生命，包括"万物之灵"的人群，都是作为具象的时间，作为时间的物质对应物而存在的。他们始终都在苍茫的时空里游荡。只有当他们偶然重叠在同一坐标上，才会感到对方是真实的存在。

——摘自《辽海春深〈石上精灵〉》

真是从心底里渴望着接近原生状态，从大自然获取一种性灵的滋养，使眼睛和心灵得到一番净化。由此，我懂得了，所谓乡情、乡思，正是反映了这种对生命之树的根基的眷恋。

——摘自《辽海春深〈神圣的泥土〉》

乡心、乡情、乡愁，颇像一曲古老而又充满温馨的歌谣，每当灯火阑珊、夜深人静之时，它就会似隐似显、忽远忽近地悄然在耳边响起，牵动着游子的情怀。

——摘自《辽海春深〈还乡〉》

时间，恰恰是时间发生了变化，重游旧地的人已不再处于曾以自己的热情装点过那个地方的童年。

　　　　　　　　　　　　　　　——摘自《辽海春深〈还乡〉》

　　其实，泥土也许是人类最后据守的一个魂萦梦绕的故乡了。纵使没有条件长期厮守在她的身边，也应在有生之年，经常跟这个记忆中的"故乡"做倾心、惬意的情感交流，把这一方胜境珍藏在心灵深处，从多重意义、多个视角上对她做深入的品味与体察。

　　　　　　　　　　　　　——摘自《辽海春深〈神圣的泥土〉》

　　我们不妨拨出一点空闲，走出城市，投入大自然的怀抱，沐浴在"不用一钱买"的清风明月之中，"耳得之而为声，目遇之而成色"，使自己的想象力得以逸出有限的范围，驰骋于梦一般空灵、谜一样神秘的大千世界。那真是一种实实在在的精神享受。

　　　　　　　　　　　　　——摘自《辽海春深〈空山鸟语〉》

　　大自然的天籁是一部含蕴无穷、备极艰深的交响乐。不要说揭橥它的全部奥秘，即便要读解其某一章节，恐怕也须投入毕生的精力与时间，需要运用整个灵智，包括深邃的文化素养和丰富的生命体验。

　　　　　　　　　　　　　——摘自《辽海春深〈空山鸟语〉》

　　时间老人毕竟是峻厉无情的。人间万事，一经飘逝，便旧影无存，不问金戈铁马，还是碧血黄沙，转瞬间都成了背景式的记忆。

　　　　　　　　　　　　　——摘自《辽海春深〈醉叶吟〉》

　　乡音，是人人都有的，而且，它很难改变。不管人生的旅途怎么走，飞黄腾达，还是穷困潦倒，也任凭你漂流到异域他乡什么地方，纵然昔日的惨绿少年变成了白头翁媪，可总有一样东西依然不改，那就是由声调、方言、语词习惯等成分构成的乡音。

——摘自《辽海春深〈乡音〉》

一个"思想者"，其躯体会随着岁月的迁流而衰颓、腐朽，可是，他在精神方面的建树和转化为物质成果的实绩，却将凭借着一定的载体而永世长存。

——摘自《辽海春深〈山城的静中消息〉》

人情贱近而贵远，越是可望而不可即的事物，越是奇绝险阻之地，人们出于好奇心，越是要亲往登临，探其堂奥。

——摘自《辽海春深〈山城的静中消息〉》

登高，除了展示胸襟怀抱，还有助于开阔视野、转换视角、全面认知外部客观世界。

——摘自《辽海春深〈登高〉》

滚滚红尘中许多叫嚷"活得太累"的人，并非都是甘心沉湎的，却往往缺乏从强大的世俗压力、物欲诱惑中挣脱出来的勇气和毅力。

——摘自《辽海春深〈家住陵西〉》

故乡是一个人灵魂的最后的栖息地。游子像飘零的叶片一样，哪管你甩手天涯，飘零万里，最后总要像落叶归根一样，回归到生命的本源。

——摘自《辽海春深〈梨园心眼〉》

追忆是昨天与今天的对接。对人与事来说，一番追忆可以说就是一番再现，一次重逢。人们追怀既往，或者踏寻旧迹，无非是为了寻觅过去生命的屐痕，设法与已逝的过往重逢。

——摘自《辽海春深〈梨园心眼〉》

若要切实体察个中的真实感受，就必须设身处地，置身其间，局外人毕竟难以得其真髓。而要从事审美活动，则需拉开一定的距离，如果胶着其中，由于直接关系到切身的功利，既难以衡定是非，更无美之可言。

——摘自《辽海春深〈梨园心眼〉》

人望幸福树望春。富裕，作为美好生活的一种标志，是几千年来人们所共同向往和追求的。

——摘自《辽海春深〈送穷迎富〉》

每到一个地方，我都关注那里是否有图书馆——我把它看作充实头脑、净化灵魂、安顿文心的处所。

——摘自《辽海春深〈书缘〉》

我以一种攻城拔寨、克坚破难的精神，到图书馆去获取文化知识，增长人生智慧。

——摘自《辽海春深〈书缘〉》

我要以崭新的史眼、史观、视角，从中探索深刻的而不是肤浅的、独创的而不是因袭的新的认知。

——摘自《辽海春深〈书缘〉》

我总是把古人的心灵世界视为一种精神库存，努力从中发掘出种种历史文化精神。在同古人展开对话，进行心与心的交流的过程中，着眼于以优秀民族传统这把精神之火烛照今人的灵魂；在对古人进行灵魂拷问的同时，也进行着对于今人的灵魂拷问，包括作家自己的灵魂，一起在历史文化精神中接受撞击。从而在历史和现实之间，架起一座沟通的桥梁，挺举起作家人格力量和批判精神的杠杆。

——摘自《一年谈话今宵多〈渴望超越〉》

死亡是精神活动的最终场所，它把虚无带给了人生，从而引起了深沉的恐惧与焦虑。而正是这种焦虑和恐惧，使生命主体悟解到生命的可贵、生存的意义。

——摘自《一年谈话今宵多〈渴望超越〉》

恐惧、悲伤的实质，正是以存在与虚无做比较，从而实现对于生命的觉醒，一种重新看待生命的"惊蛰"。

——摘自《一年谈话今宵多〈渴望超越〉》

病苦与死亡，还能促使当事人从迷误中觉醒，省悟到平素很少考虑、也难以认知的诸多重大课题。

——摘自《一年谈话今宵多〈渴望超越〉》

其实，不必死生契阔，火烫油煎，一个人只要得过一场大病，在病床上急救几次，就会领悟到，什么大把大把的票子，很重很重的权势，很多很多的住房，成批成打的美女，一切一切平日抓着不放的东西，转眼间就会化作虚无，如轻烟散去。

——摘自《一年谈话今宵多〈渴望超越〉》

看来，病痛与死亡，与其说使人体验到生命存在的长度，毋宁说是使人体验到解悟生命的深度。

——摘自《一年谈话今宵多〈渴望超越〉》

直接的生命体验，应该说是最可贵、最理想的。但一个作家即使他经历再特殊，阅历再丰富，也不可能一切方面都有切身体验，恐怕更多的还是通过感同身受的人生领悟，获得间接的体验。

——摘自《一年谈话今宵多〈渴望超越〉》

我一向把功名、利禄这些身外之物看得很淡，也不过分看重别人怎么看待自己，有一种自信自足、气定神闲、我行我素的定力。我觉得，人生总有一些自性的、超乎现实生活之上的东西需要守住，这样，人的精神才有引领，才能在纷繁万变的环境中保持相对独立的内在品格，在世俗的包围中保有一片心灵的净土。

——摘自《一年谈话今宵多〈渴望超越〉》

对我而言，读书、创作不是一般意义上的兴趣、爱好，而是压倒一切的"本根"，是我的内在追求、精神归宿，是生活的意义所在，是我的存在方式。

——摘自《一年谈话今宵多〈渴望超越〉》

所谓年轻，并非人生旅程的一段时光，而是心灵中的一种状态，是理性思维中的创造活动，情感中的一股勃勃朝气。

——摘自《一年谈话今宵多〈渴望超越〉》

大凡人们普遍向往的名城胜迹，总是古代文化积淀深厚，文人骚客留下较多屐痕、墨痕的所在。

——摘自《一年谈话今宵多〈散文激活历史〉》

那民族兴衰、人事嬗变的大规模过程在时空流转中的留痕，人生悲喜剧在时间长河中显示的超越个体生命的意义，以及在终极关怀中所获得的怆然之情和宇宙永恒感，都在新的境遇中展开，给了我们远远超出生命长度的无尽感慨。

——摘自《一年谈话今宵多〈散文激活历史〉》

  远者如近，古者如今，活转来的经史诗文给了我们"当下"一个时空的定位，更给我们一个打开的不再遮蔽的视界。

——摘自《一年谈话今宵多〈散文激活历史〉》

  无论是灵心慧眼的冥然会合，还是意象情趣的偶然生发，都借由对历史人事的叙咏，寻求情志的感格、精神的辉映。——这种情志，包括了对古人的景仰、评骘、惋惜与悲歌，闪动着先哲的魂魄，贯穿着历史的神经和中华文明的汩汩血脉。

——摘自《一年谈话今宵多〈散文激活历史〉》

  人不仅由自然造成，也由自己造成；不仅要服从自然规律，也能利用自然规律；人死后复归于自然，又时刻努力使自己的生命具有不朽的价值。

——摘自《一年谈话今宵多〈散文激活历史〉》

  要在对历史的观察中，凝注创作主体敏锐的目光，看到他人所没有看到的东西。历史文化散文中对象的描绘，在很大程度上体现着作家的自我期待和价值判断，折射着作家自我需求的一种满足。

——摘自《一年谈话今宵多〈散文激活历史〉》

  其实，领导权也好，个人威信也好，主要来自两个方面：一靠真理力量，比如见解高明，决策正确，有预见性、前瞻性等等；二靠人格魅力，包括品德修养，思想作风、工作作风，能够起表率作用，"其身正不令而行"，不在于呼呼啦啦、吆五喝六。

——摘自《一年谈话今宵多〈增强领导干部的人文修养〉》

作为某种文化的载体，人在社会生活中，不仅经常接受一定文化的濡染，同时又不断地汰洗着某种文化的影响。因此，一定地域的文化构成，总是多元复合，而并非清一色的。

——摘自《邯郸道上》

如果只从避离俗尘、寻求解脱这一角度来加以诠释，必然会失之简单，流于肤浅。世界上，大概没有哪一个国度，曾像古代中国那样出现过那么庞大的隐士阶层。如何对这一社会现象予以切中肯綮的剖析，从中找出一些规律性的认识，应该是研究隐逸文化的学人共同关注的课题。

——摘自《忍把浮名换钓丝》

建阳过去有一道特殊的风景线——贞节牌坊随处可见。看上去倒是挺壮观的，可是，人们知道，每一座牌坊下面，都有一个甚至几个孤孀的灵魂在低声啜泣，每一座牌坊下面，都掩埋着一部辛酸悲惨的血泪史。

——摘自《撑篙者言》

自然界有其自身合法的权利和独立的价值。我们每个生活在地球母亲怀抱中的现代人，都应该对生态环境有一种深沉的眷恋意识和自觉的责任感。

——摘自《清风白水》

在这红尘十丈的喧嚣世界里，人们对于自然环境，应该去掉那种极为近视、极为功利的价值取向和审美情趣，多为人类、多为子孙着想，重视保护生态环境这地球上一切生命的根基，珍惜这新鲜的空气，洁净的水源，明媚的阳光和未经污染的土地。

——摘自《清风白水》

如果说，水是自然景观的精灵，那么，人文景观的精灵便是情。少了情感的滋润，再秀美的自然风景，再深厚的人文积淀，都会显得无精打采，像一个人切断血脉，失去了精气神一样。

——摘自《烟花三月下溱潼》

原来环境文化是一种大视野，是人类对于环境危机进行反思的产物，也寓意着人们融入自然的美好愿景的憧憬。环境反映了文化的积淀，而文化也在慢慢地影响环境。

——摘自《转身后的华丽》

事物总是错综复杂的，上下相形，得失相通，成败相因，利弊相关。人的一切社会成就的获得，往往会造成他作为个人的某些方面的失去；而表面上看来是失败的东西，其反面却又意味着成功。

——摘自《广陵散》

世事驳杂，人生多故，我们究竟应当如何面对这类问题？轻轻地放过，固然不可取，但简单的牙眼相还，睚眦必报，也只是一时痛快而已。我以为，不妨参照陈梦雷的做法，坚定地守护着思想者的权利，在痛定思痛、全面披露事实真相的同时，能够深入心灵的底层，从人性的层面上，揭示那班深文周纳、陷人于罪者居心之阴险，手段之龌龊，灵魂之丑恶。这样，不仅有功于世道人心，为后来者提供一些宝贵的人生教训；而且，可以净化灵魂，警戒来者，防止类似的人间悲剧重演。

——摘自《灵魂的拷问》

世间种种看似神秘莫测的东西，其实，它的背后总是有规律可循的。即以人生道路抉择、人的种种作为来说，那个所谓的"冥冥之中看不见的手"，往往植根于自身素质、社会环境、文化教养、人生阅历诸多方面，并以气质、个性、文化心理结构形式，制约着一个人的进退行止，影响着人生的外在遭遇。

——摘自《寒夜早行人》

贺兰山岩画属于北方草原文化类型。经"地衣测年法"鉴定，其制作时间始于远古狩猎时代，多数形成于春秋战国时期，下迄宋辽西夏末叶；系由不同的游牧人群在不同年代、按照不同的心理意向，历经近万年时间陆续刻成的。岩刻个体形象多达两万幅，最大的长十余米，最小的不过一二厘米。穷形尽相，含蕴无穷，组成了一座造型艺术的长廊。

——摘自《山灵有语》

智者创造机会，强者把握机会，弱者坐等机会。不要说坐等，你就是慢走一步，而不是迎头赶上，"若待上林花似锦，出门尽是看花人"。当一件事被所有人都认为是机会的时候，它已经不再是机会了。

——摘自《学问思辨 励志笃行》

一个对思想不感兴趣的人，也可能很能干，但绝对谈不上有深度、有远见；心灵底子薄弱的人，既禁不起失败，也承受不了成功，挫折和掌声都会使他倒下去。

——摘自《学问思辨 励志笃行》

企求人格完美的精神超越，是人类特有的崇高的审美追求。美感，不是功名利禄、饮食男女的物欲满足，而是个中精神上的充实与愉悦。尽管人的生命延续和美的追求离不开物质生产活动，但是，如果仅仅以世俗的功利欲望的占有为满足，那就无从获得精神上的愉悦，甚至使人沦为物的奴隶。

——摘自《追求》

幸福的实质就在于不断地追求。"哀莫大于心死。"人只要活着，就一天也不能没有追求和希望。难怪有人说，人生的道路是由一个个目标铺成的。目标，理想，追求，向往，这是催人上进的强大的内驱力，犹如大海的洪潮，万古如斯，一刻也不停息它那澎湃的律动。

——摘自《追求》

当然，事物通常总是利弊互见的。网络并非无影灯，在璀璨光亮的背后，也潜藏着阴幽的暗影。它在带给人们巨大方便的同时，也有其不可忽视的负面效应。

——摘自《一"网"情深》

现在对于酗酒的弊害，多数人已经逐渐有了清醒认识。有人把喝酒、劝酒、赌酒者分为三类：一类是专门祸害别人，而不祸害自己的；一类是只祸害自己，不祸害别人的；一类是既祸害别人，又祸害自己的。从中也可看出，人们还是逐渐承认了酗酒的危害。

——摘自《太白误我》

善良的人群如果都能够从中（两面派的可怕之处）汲取教训，提高警觉，增强识别能力，不使那些"人样的东西"得逞，那该能免除多少悲剧性的结局呀！

——摘自《戏鉴人生》

在几千年的中华文化传统中，评价那些为政者，名位也好，勋业也好，人们最终看重的还是做人，还是德行、品格与思想。这是铁面无私的历史的抉择。

——摘自《辽海春深〈八卦城前有所思〉》

"政声人去后，民意漫谈时。"普通民众的闲谈，可以为采风者提供准确信息，有助于把握一个地方政声、民意、舆情的脉搏。

——摘自《辽海春深〈民心〉》

文化是城市的灵魂，城市是文化的容器，是文化的平台。城市如果缺乏人文特色，就会失去魅力，失去光彩。

——摘自《辽海春深〈城市的灵魂〉》

因为文学创作说到底，是生命的转换，灵魂的对接，精神的契合。

——摘自《一年谈话今宵多〈渴望超越〉》

这种宝贵的生命体验，包括活在心里的外在遭遇、内在情感，以及无边的想象与梦幻，都成了他们创作中所独有的宝贵精神财富。

——摘自《一年谈话今宵多〈渴望超越〉》

闾山自东北逶迤西南，绵延百里。其地为塞外草原文明与农耕文明，游牧民族文化同汉族封建文化交融互汇的接合带，也是儒学与佛、道、萨满各教激荡、糅合的角斗场。……医巫闾山一线则是他们研习中原文化、接受华风洗礼的大课堂。

——摘自《辽海春深〈家山〉》

没有人仅仅因为时光的流逝而变得衰老，只是随着理想的毁灭，人类才出现了老人。岁月可以在皮肤上留下皱纹，却无法为灵魂刻上一丝痕迹。

忧虑、恐惧、缺乏自信，才使人佝偻于时间的尘埃之中。只要心灵深处的无线电台不停地接收美好、希望、欢欣、勇气和力量的信息，就会永远保持年轻。

——摘自《一年谈话今宵多〈渴望超越〉》

辽海地区的独特历史遗迹之外，还有大量的独特人文与自然景观，为其他地区所没有或罕见的。

——摘自《辽海春深〈认识辽宁　欣赏辽宁　热爱辽宁〉》

只有当劳动人民成为大地的主宰，不断地改造客观世界，同时，也发展了自身的认识能力，这样，大自然在人们的心中才具有美感。

——摘自《清风白水》

创造是一次性的，既没有副本，也不能复制。而且，自然美是易碎品，一旦毁坏了就万难补偿。而审美又是人类社会所独有的现象，没有人的欣赏，任何自然美都无从谈起。

——摘自《生命的承诺》

要从容品味，必须具有悠闲的心境。而这种悠闲、从容的心境，常常产生于经过文学的熏陶、哲学感悟的文化气质。悠闲既标志着心灵的平静与解脱，也显示一个人的生存状态与心理倾向的细腻、复杂与深沉。

——摘自《从容品味》

幸福，是艰苦奋斗的伙伴。一个人如果胸无大志，难苟安，整天像蝴蝶似的空虚地飞来飞去，企鹅般把头伸到崖岸底下去逃避风雨，哪还有什么幸福可言！

——摘自《仙阁遐思》

过去已化为云烟，再不能为我所用；将来尚未来到，也无法供人驱使。唯有现在，真正属于自己。与其感叹青春的早逝，不如从现在做起，迎头赶上去。

——摘自《海行寄感》

孩子的天性中，似乎并没有欣赏自己"杰作"的习惯，不懂得什么孤芳自赏，顾盼自雄，眷恋已有的辉煌。一切都全凭兴趣的支配，兴发而作，兴尽而息。

——摘自《游戏》

在我成长的关键时刻，母亲对我进行一番生命的教育，把志气和品性传递给我，用的不是语言文字，而是行为。

——摘自《母亲》

天空海阔的浩瀚气势，使他冷静地思考人生，达观地对待人生，既引发出宇宙无穷而生命有尽的感慨，又产生了将有限生命统一于无穷宇宙的顿悟。

——摘自《春梦留痕》

大器晚成，也是一种带有规律性的现象，神童毕竟是少见的。中年过后仍然大有可为，甚至可以说，有些事业恰是刚刚开始。这里一个核心问题，是如何充分利用这无限宝贵却又十分有限的时间。

——摘自《人过中年》

读书、创作，本身就是一种寄托，实际上也是一种转化，化尘劳俗务为趣味盎然的创造性劳动，化喧嚣为宁静，化空虚为充实，化烦恼为菩提。

——摘自《人过中年》

留给亲人、朋友一个美好的形象固然重要，但是，它所附丽的却是珍贵百倍的真情诚意。

——摘自《心中的倩影》

如果说，青年生活于未来，老年生活于过去，那么，中年则生活于现在，更加注重实际了。

——摘自《收拾雄心归淡泊》

老年包容了生命之旅中的欢欣和烦恼、期待与失望、颂赞与非议、慰藉和苍凉，领悟着哲学意义上的宁静与超然，称得上是人生的冠冕。在七色斑斓的黄昏丽色中，继续演奏着生命真实的凯歌。最后，生命火花闪灭，树高千丈，落叶归根，一切都返回大地母亲的怀抱，消融于苍茫无尽之中。

——摘自《收拾雄心归淡泊》

这种宁静与淡泊，会使人们显示智慧的灵光、超拔的感悟，以"过来人"的清醒与冷静，对客观事物做静观默察，持超拔心态。平淡不是消沉，乃是修养已深，思想和见解均已成熟，返于纯粹自然，而无丝毫做作。因为是自然的表现，不能包装，也无法模拟。

——摘自《收拾雄心归淡泊》

今天，许多朋友看到我健旺如常，精神振作，都问我是如何破除迷惘，战胜疾病的。我说，解铃还须系铃人。身体上的病痛可以交给医生，而心灵上的病痛却只能留给自己。但要我说说"自胜"的经验，却又讲不清楚，正是所谓"却顾所来径，苍苍横翠微"那种境界。

——摘自《三过门间老病死》

书籍之所以能够治疗疾病，就在于它可以调节病人的情感，引导患者正确的思路，净化心灵，提供战胜病魔的动力。

——摘自《三过门间老病死》

作为一种生命现象，青春的优势也是一样。青年人固然比中老年人拥有更多的生命时间，但并不等于同时拥有经验、知识、修养、能力等方面的优势。要在这些方面同样具有优势，就须抓紧学习，刻苦磨炼，认真打好基础。而且，"流光容易把人抛"，生物性的优势时刻都在转化。当青少年步入中老年之后，年龄优势就将随之而递减与消失，这是自然规律所决定的。

——摘自《我也会老吗？》

生命呈现出一种内在的自由状态，它悠远而阔大，有形接连着无涯，有尽融入无尽，由此走向审美人生，走向一种近乎永恒状态的创化。

——摘自《岁短心长》

追求比占有更使人感到快慰，感到幸福；充满希望的追求，总是比实际到达目的地更有吸引力。有些人占有欲很强，但未必就能得到真正的幸福。世间能够到手的东西毕竟有限，而占有欲却会无限膨胀。

——摘自《追求》

理想之光是迷人的，但不可能一蹴而就。在理想与现实之间还有一段似近实远的途程。要想到达目的地，就须驾上奋斗之舟，不懈地划桨。

——摘自《追求》

当我行进在连天朔漠、茫茫瀚海之中，这些时间上悠远、空间上浩瀚的景物，往往成为可以与之直接对话的生命之灵，使你切实感悟到生命有涯而大地无涯。苍茫的大地托着浩渺的天穹，显得格外开阔，至此，才真正有了百年一瞬，万古如斯的感慨，才在灵魂深处与千百年前的那个声音和鸣：哀吾生之须臾，羡宇宙之无穷。

——摘自《生命还乡的欣慰》

　　按照黑格尔老人的说法，罪恶生于自觉，这是一个深刻的真理。两面派的可怕之处，在于他们是在高度自觉、极端清醒的状态下策划种种罪恶活动的。

——摘自《戏鉴人生》

　　人情贵远而贱近，踏不上的泥土总认为是最甜美的，遥远的地方都存在着一种诱惑。

——摘自《辽海春深〈醉叶吟〉》

　　岁月蚀损了他们的肉身，但留下了美丽的灵魂和不朽的精神。他们都是普通至极的人，却都活得有声有色、有光有热，放射出生命的七彩火花。

——摘自《辽海春深〈红叶晚萧萧〉》

　　对于女性来说，爱情不啻生命，她们总是把全部精神生活都投入爱情之中，因而显得特别凄美动人。古代女子尽管受着政权、族权、神权、夫权的重重压榨，脖子上套着封建礼教的枷锁，但从来也未止息过对于爱情的向往、追求，当然，表现形式不尽相同。

——摘自《泉路何人说断肠》

　　如果说，男人生命中离不开爱情的滋润；那么，对于女人来说，爱情简直就是生命的存在方式。

——摘自《一场虚拟的叩访》

我觉得，写作有三个层次：第一层次是敏感；第二层次是激情；第三层次是悟性。

——摘自《〈人间话本〉再版序言》

当你漫步在布满史迹的大地上，看似自然的漫游，观赏现实的景物，实际却是置身于一个丰满的有厚度的艺术世界。如同诵读着古人的诗书，倾听着中华传统文化的回音壁，通过一块情感的透镜去观察历史，从而获得以一条心丝穿透千百年的时光，使已逝的风烟在眼前重现华彩的效果。

——摘自《千古兴亡百年悲笑一时登览》

凡事都有个"度"，度是一定的质所能容纳的量的活动范围的最高与最低界限。生活常识也好，生存智慧也好，无不告诉人们，在实践过程中，必须掌握适度的原则，也就是把握好分寸。

——摘自《过度阐释》

人到老年，生理和心理向着两极延伸，身体一天天地老化，而情怀与心境却时时紧扣着童年。少小观潮江海上，常常是壮怀激烈，遐想着未来，憧憬着天边；晚岁观潮，则大多回头谛视自己的七色人生，咀嚼着多歧而苦涩的命运。

——摘自《成功的失败者》

那种绵绵如缕，充满了罗曼蒂克、柏拉图式的浪漫、鲜活的情愫，无疑是纯真而动人的；但我觉得，较之"英雄美人"的风流韵事更为值得珍视的，还是建立在信任基础之上、根于良知的重情与守信。

——摘自《成功的失败者》

生命恬适之要领，在于求得内在的自足；内心生活充实了，方寸不为外物所累，就无往而不自得其乐。从容自得，不仰外求，这是庄子处世、处己中最为光华四射的一点。

——摘自《逍遥游》（增订稿）

许多人都有这样的体验，久别重逢的友朋相聚，最向往的是坐围圆桌，开怀畅叙。在这种情况下，喝酒不如饮茶。因为酒宴往往为热闹的社交而置备，茶会则是为恬静的朋侣而张设的。且不说，倾樽轰饮，醉拍栏杆，难以欢然道故，款叙衷肠；即使安然对坐，只要频频举杯，轮番顾劝，也难以畅抒怀抱，更不要说昵昵儿女语，娓娓话桑麻了。

——摘自《饮茶，圆桌旁》

学养之功，为艺术心灵的展现提供了创造、开掘的深度背景。人文素养愈深，艺术心灵之映现也随之而愈厚。当然，就艺术家而言，其学养并非以知识形态表现于作品之中，而是借助于智慧的濡染、人格的升华，通过艺术灵悟展现出来。

——摘自《吴门隽雅》

在读书的同时，还应养成强烈的问题意识，注重智慧的发掘。读书本身也是一种自我发现，是在唤醒自己本已存在但还处于沉睡状态的思想意识。一切能够使心灵发生震撼的、产生重大影响的，都应是一种心理的共鸣和内在的思考。

——摘自《一年谈话今宵多〈创新思维与想象力的呼唤〉》

我们说，要有一点书卷气，绝非提倡"本本主义"。读书的目的全在于应用，最后必须落实到陶冶情操、净化心灵、增长才干上来，落实到增强思辨能力、廓清思想迷雾、提高政治觉悟上来。

——摘自《一年谈话今宵多〈增强领导干部的人文修养〉》

读书关系到人生追求、生活目的。开始它是以知识形态出现的，后来贯通了，增长了见识，提高了预见性与辨识能力，转化成人生智慧，转化为辩证思维。

——摘自《一年谈话今宵多〈漫谈读书治学〉》

任何人都不可能全知全能，任何人的作用都是有限的，没有理由无限度地期求，无限度地追逐，无限度地攀比。这种人生的有限性，构成了知足、知止的内在根据。

——摘自《逍遥游》

无情的时间之水，把一切都带向远方，埋入地下。似曾相识的黄沙、远树、夕照、炊烟，又有哪一样还残存着旧日的踪影？

——摘自《逍遥游》

所谓回归家园，亦即归根返本，亲近本源，回归自己的本性。

——摘自《逍遥游》

如果说，病魔所带来的是精神与躯体的缠绵不断的痛苦；那么，梦境则在睡眠时通过生命律动与心灵运营，万花筒一般，无规则地、不由自主地实现着某种"幻象构成"，发挥其调节、激活与诱惑作用。

——摘自《逍遥游》

领导科学告诉我们，高明的领导者，应该善于分清主次，正确处理事关全局的根本性工作与具体事务的关系，凡属应由下级来做的事，就要大胆放手，不能"越俎代庖"，包揽一切。否则，势必陷入辛辛苦苦、忙忙碌碌的事务主义，既浪费了领导的宝贵时间和精力，又会助长下属的依赖性，反过来，更加重了自己的负担。道理很简单，就一个人来说，时间与精力毕竟是一个常数，有所不为才能有所为，谁也没有办法同时骑两匹马。假如硬要勉为其难，本末兼顾，细大不捐，其后果是可想而知的。

——摘自《一言为宝》

人生的际遇、人才的成长与事业的发展，除了主观努力，单就客观条件来看，就颇似帆船的行驶，往往受到环境、机遇的制约，有时甚至起到关键作用。

——摘自《外因是条件》

为者常成，行者常至。行则塞者亦通，为则难者亦易。一部人类发展史，就是发挥人的主观能动性，发现和利用自然规律、社会规律，不断地改造客观世界，从必然王国向自由王国飞跃的历史。善于发现和利用条件，使之为自己的目标服务，这种有目的地能动地改造外部环境的能力，是人类区别于动物，而为人类所独有的。

——摘自《事在人为二解》

人，脱离不开环境的影响。一个人生在这样而不是那样的时代和环境中，带有很大的偶然性，对于个人来说，是无法选择的。但是，环境只能起到一种制约和影响的作用，而并非决定性因素。环境对于人的影响，取决于个人如何对待它。对于献身事业、自强不息的人来说，再艰险的环境，再恶劣的条件，也阻挡不了他去开拓闪光的人生之路；而且，"艰难困苦，玉汝于成"。逆境成才，恰是中外人才史上一种带有规律性的现象。

——摘自《事在人为二解》

这种人才埋没的悲剧，表面上看，是个命运或机遇问题，实质上反映出封建社会用人机制的严重不合理。最高统治者"手握王爵、口含天宪"，凭一人之好恶，决定着万千贤士的命运与前途。既然人才的选拔任用，全凭封建统治者的主观意志,并非按照德才标准来选贤任能,那么,贤豪埋没,佞幸当朝,就成为必然的了。

——摘自《逢遇》

作为人的自身素质的重要组成部分,知识和能力同等重要,二者缺一不可。

——摘自《善读"无字之书"》

一个人的追求应该是有限度的,必须适可而止;不属于自己的东西,不能贪得无厌,穷追不舍。否则,让名缰利锁盘踞在心头,遮蔽了双眼,那就会陷入迷途,导致身败名裂的悲剧下场。

——摘自《祸莫大于不知足》

一个人树立雄心壮志,固然可嘉,但要实现自己的远大理想,犹如登山,只有脚踏实地,一步一个台阶地走上去,最终才能到达光辉的顶点。

——摘自《一室不扫 何谈天下》

人生道路不会总是一帆风顺,当身处困境的时候,应该勇于应对,搏击风雨,这样就可以饱享胜利的乐趣。其实,生活中的风雨也好,政治上的磨折也好,看来气势汹汹,势不可挡,但是,只要能够坦然面对,坚守正义,充满信心,就一定会迎来雨过天晴,生命也定会焕发出绚丽的光彩。

——摘自《青山依旧在》

读书治学,应该以博览之功,收会通之效,防止固蔽壅塞、思想僵化;只有持续不断地汲取新知,输送营养,充实头脑,就像源头活水源源不竭地注入方塘之中,才能豁然开朗,融会贯通,才能不断取得日新月异的进步。

——摘自《补益新知》

追踪真相，穷原竟委，人类的这种"寻源"本性，作为一种心理追求和心理满足，无疑是理论研究、科学发展的动力之源。

——摘自《寻源之悟》

真理有如溪流的源头，是实际存在着的；但是，要想觅得真源，又着实不易，起码应该做到两条：一是，从"万派归宗"角度看，需要总体把握，"以圆览之功，收会通之效"，切忌执其一端，管中窥豹，以偏概全。二是，锲而不舍，不懈追求，铢积寸累，聚少成多，积之日久，自悟真源。

——摘自《寻源之悟》

即便没有酿成人间惨剧，求全责备的后果也往往不妙。道理在于完美无缺的境界，好似一个封闭的系统，即使真的实现了所谓"止于至善"的完美无缺，那也只是表明，事物再也不能向前发展了，新陈代谢的功能失去了，生机活力也就到此终结了。

——摘自《甘瓜苦蒂　物无全美》

公道，站在时间老人的门口。功过得失，恩怨是非，一时可能还看不清楚，需要时间检验。——历史，无情而有情，严明而公正。

——摘自《公道自在人心》

从人生追求、价值取向来说，古往今来，凡是心怀远大目标、有志献身国家民族的人，在声色货利面前，总能正身律己，坚守原则，珍重节操，秉持一种定力。而且，淡泊自甘，不慕荣华，不媚俗，不张扬，不出风头，不哗众取宠。即使歪风邪气袭来，遭遇"蜂蝶"的滋扰，由于自己正气凛然，贞洁自持，也能够不为所动，予以有效的抵御。

——摘自《别开生面的竹颂》

人才的本质特征在于创造。失去了创新意识、创造精神，就谈不到成才。

——摘自《勇破成规》

事物是多种多样的，自然要有不同的需求、不同的意向、不同的选择。它告诉我们，执掌权衡者必须放眼全局，树立整体观念，统筹考虑，兼顾各方利益。而从局部来说，则须认识到，凡事难求两全，获得这个，就要放弃那个，不能设想满足一切需求。这是客观存在，不以人的意志为转移。

——摘自《矛盾无处不在》

就个体的人来说，必须首先解决生命存活的基本物质需要，而后才能谈到其他方面的需要；而从社会历史发展来说，只是到了在满足社会成员生存需要并且有所剩余之时，部分成员才有可能从事物质生产以外的精神文化活动。

——摘自《"第一个历史活动"》

在人类社会的发展进程中，随着人的本质力量以体力和智力形式对象化于其中，自然界也在越来越广泛的意义上，实现自然的人化，成为人化自然，形成人工生态系统，形成依人的意愿而变革的自然环境。

——摘自《社会新变的期待》

我们今天倡导知恩图报，赞扬"滴水之恩当以涌泉相报"，是要使施恩与报恩不致沦落为商业场中的等价交换，让维护高尚道德行为的人情关爱，与锱铢必较的商品交换划开明确的界限。

——摘自《千金与一饭》

应该指出，生物进化与社会历史发展，各有其不同的运行规律，不能用生物进化理论来解释社会历史现象。但在当时祖国面临外强瓜分危机的关头，从优胜劣汰、适者生存的角度，号召国人发奋图强、反抗侵略、救亡图存，却有其不容忽视的积极意义。

——摘自《物竞天择》

艰难困苦是人生宝贵的精神财富，它可以磨砺意志、锤炼身心、增长才干。

——摘自《生于忧患死于安乐》

伯乐对九方皋观察良马、识别良马的独特眼光、独特体验，可以悟出一种重要的选择与取舍的哲学思想"得其精而忘其粗，在其内而忘其外"，忽视次要因素，只专注于需要关注、必须关注的方面。这对于选拔人才、识别人才有重要的借鉴意义。

——摘自《九方皋相马》

一切客观事物都有其内在的规律，特别是在动乱时代，处于复杂的社会矛盾之中，要想做到得心应手，"游刃有余"，就须像庖丁那样，在实践中找准缝隙，把握规律，深谙自然之理。

——摘自《庖丁解牛》

当科学家聚精会神探索某种答案时，常常会因为特定事物的启发而产生一种顿悟。抓住不放，寻根究底，进而可以成为一项重要发现的依据。这种机遇是在实践基础上有计划地进行观察、思索的产物。

——摘自《顿悟》

作为邻里关系的根基，作为家庭文化的集中体现，家风连接着民风，民风连接着社会风气；和谐、健康的家风，在建设精神文明和树立社会主义核心价值观的过程中，具有不容忽视的作用。为此，习近平总书记在十八届中央纪委六次全会上强调指出："每一位领导干部，都要把家风建设摆在重要位置，廉洁修身，廉洁齐家。"

——摘自《与邻为善》

平时颐指气使，势焰熏天，自以为不可一世的人，临死的时候就会知道，原来自己也不过是个普通的角色；亿万富翁一死，同穷光蛋又有多少差别！除了嘴里含颗珠子，任何财富对于他已经失去了实际意义。到了这个时节，人会变得比任何时候都清醒一些，会发现平日诸多可悲、可笑、可悯之处。

——摘自《三过门间老病死》

形成嫉妒心理的社会根源是平均主义。差异原本是客观存在，"物之不齐，物之情也"；从事物发展规律看，差异就是矛盾，它是有利于相竞而生，有利于促进人才成长和社会进步的。可是，过去在小生产的自然经济形态下，长期奉行儒家的消极平衡理论，使平均主义在思想、生活领域，同经济领域一样，也占了上风，人们看不得别人冒尖，更不允许他人超过自己。这是嫉妒情性恶性膨胀的一种沃壤。

——摘自《成功者的劫难》

争名于朝，争利于市，自是嫉妒所由产生的焦点，但不等于此外都是净土，均与嫉妒心理绝缘。其实，在现实社会中，凡有人群的场所，只要存在着利益与私欲的冲突，且能通过直接的对阵或间接的客观比较，显现出优劣、高下、智愚、胜负来，就都有可能滋生出嫉妒的毒菌。

——摘自《成功者的劫难》

一般来说，对为政者的评说，大体上分三个层次：一是名位，包括职级、地位、名分，亦即古人所说的"功名"，属于表象的浅层次；二是勋业，泛指勋劳、功业、建树、奉献，这就又深入一层了；三是德政，这里不仅包括功业、作为，还要看其人的思想、品格、德行、风范，这就进入了道德伦理、价值判断的深层次。

——摘自《辽海春深〈八卦城前有所思〉》

在迈向新世纪的时刻，在世界政局向多极化发展的今天，我们中国人面临着的新的课题，就是如何把握住机遇，既抓紧把我们自己的事情办好，又力争对建立国际关系新秩序做出贡献。

——摘自《磨剑十年见硬功》

人是环境的产物，境遇能够造就人，也能够改变人；存在决定意识，随着社会等级差异以及地位的改变，人的感情、心态也往往会发生变化。

——摘自《境遇能够改变人》

无论植物、动物、山川，都有其固有的存在价值与生存权利。即便从人类自身利益出发，爱惜鸟类，保护生态，也是爱惜人类自身。为此，也应尊重自然，善待生命。

——摘自《好生之德》

诚然，识别人才的基础，是深入了解。不了解，何谈鉴别优劣、高下。

——摘自《"素知"的辩证法》

选拔人才须有卓识远见，不失时机地把那些确有才能但暂时还处于卑微地位、尚未被人注意的"潜人才"发掘出来。

——摘自《关注潜人才》

人生遭际也好，事业发展也好，危情险境，属于客观存在，是难以完全避免的，关键在于如何采取正确的应对办法。最可怕的不在客观条件，而在于主观上完全丧失警觉，存在侥幸心理，麻痹大意，不知戒惧，以致安而忘危，宴安鸩毒，所谓"生于忧患，死于安乐"是也。

——摘自《生于忧患》

"潜人才"也是这样，当"小荷才露尖尖角"之时，肯定还不够成熟，不够完善，如果我们求全责备，非要等到他们像上林之花灿若云锦之时，才去识拔、任用，那就会错过时机，为时晚矣。

——摘自《关注潜人才》

一般青年人初涉世路，投身社会集体，都有一个如何把握上司、同事的习性，摸索、适应周围环境的问题，从这里可以获得一些有益的启示。

——摘自《新嫁娘的机智》

一个人只要丧失了本我，也便失去了生命的出发点，迷失了存在的本源，充其量，只是一个头脑发达而灵魂猥琐，智性充盈而人性泯灭的有知觉的机器人。

——摘自《用破一生心》

童年、母亲、故乡，三位一体，织成了一片情网，让人久久地罩在里面，做着凄婉而温馨的梦。

——摘自《山野菜序》

从一定意义上说，生命展开的过程，也就是一个自我逼视、自我挑战的过程。

——摘自《原来姹紫嫣红开遍》

成功，无疑为人人所向往，但对成功之后所面临的挑战，却未必都能有清醒的认识。

——摘自《镜里存真》

人常说，成功是一个陷阱，它的背后隐伏着潜在的危机。

——摘自《镜里存真》

人处在幸福的时光，一般是不去幻想的，只有愿望未能达成，才会把心中的期待化为想象。

——摘自《情在不能醒》

专一持久、生死不渝、无可代偿的深爱，超越了两性间的欲海翻澜，超越了色授魂与、颠倒衣裳，超越了任何世俗的功利需求。这是一种精神契合的欢愉，永生难忘的动人回忆、美好体验和热情期待，一朝失去了则是刻骨铭心的伤恸。

——摘自《情在不能醒》

任何知识都具有相对性，随着时代变迁和客观条件的变化，随着人类认识的更新和实践活动的深入，种种学说、知识的局限性会逐渐地显现出来。而且，由于历史文本是开放的，人们每一次阅读它都是重新加以理解，随着阅读者的差异，必然呈现阐释的多义性。

——摘自《尽信〈书〉则不如无〈书〉》

生命的实现，有赖于生存；而生存的本质，或曰根本属性，是达致天道与人道、天文与人文的天人合德、和谐统一。

——摘自《生生之谓易》

作为最古老的阐发人与自然、社会关系的《周易》一书，就充分显现出视整个宇宙为一大的生命系统，视人与自然为一整体的生态伦理思想，而其最高境界，就是天人合德。

——摘自《生生之谓易》

大自然原本是人类的生命之源、存在之根、创造之基、发展之本。

——摘自《生生之谓易》

眼界越开阔，视野便越扩展，那么，所见到的客观事物的范围便会越加宽广了；而随着视点、视角的变化，客观对象则会随之而发生变化，人们的认识也会有新的领悟，新的提高。

——摘自《视角的选择》

日常生活中，有一些是非的争竞，闹得沸反盈天，其实，如果立足点高一些，就会发现，完全没有太大的必要。以道观天下，就能摆脱重重束缚，采取新的视角，破除井蛙式的"拘墟之见"，换上一种全新的思维方式。

——摘自《视角的选择》

面对着出处进退、辞受取舍，应该顺时应变，一切本于自然，与道相通、相契。

——摘自《视角的选择》

世间万事万物，都处在不断变化与流转之中；人生的种种际遇，都是相比较而存在的，视角不同，衡量标准有异，情况、状态就会随之而发生变化。看开了这个道理，逐渐养成以超越的眼光、旷达的心胸观察和处理客观事物，努力从一己的小天地中解脱出来，祛除心灵的拘缚，化解许多胸中积闷、眼底波澜，使自己的心态平和下来。

——摘自《视角的选择》

一个人活得累，小部分原因是为了生存，大部分原因来源于攀比。

——摘自《视角的选择》

在现实物质生活中"多做减法，少做加法"；对于不属于自己的东西，能够自觉地摒弃，而不是贪得无厌。以此来观照客观事物，处置人生课题，就会摆脱种种烦恼，除掉无谓纠缠，免去般般计较。

——摘自《视角的选择》

读书的目的全在于应用，最后必须落实到陶冶情操、净化心灵、增长才干上来；落实到增强思辨能力、廓清思想迷雾、提高政治觉悟上来。

——摘自《要有一点书卷气》

喧嚣浮躁的世界需要深刻的思想；高品位的、健全的人生，不能没有哲思的陪伴、智慧的导引。

——摘自《要有一点书卷气》

对于每个公民来说，学史有益于陶冶情操，铸选人格，增强现代人的历史责任感，判断何为善、恶、美、丑，明辨何为公正、进步、正义，从中汲取力量，有所追求，有所摒弃，有所进取。

——摘自《要有一点书卷气》

真正的艺术有着无限的内涵，存在着多种可阐释性。

——摘自《读书要有"问题意识"》

伟大的精神产品，具有不可复制性和无限可能性的品格。艺术的魅力在于用艺术手段燃起人们探索未知领域的欲求。

——摘自《读书要有"问题意识"》

读书必须同思考结合起来。"学而不思则罔，思而不学则殆。"不思考，只是囫囵吞枣，死记硬背，必然是食而不知其味。无论是写作还是阅读，善于思索都是至关重要的。

——摘自《读书要有"问题意识"》

智慧总是与内在生命感悟和创造性思维有关。

——摘自《读书要有"问题意识"》

没有艰难的思索，绝不会有独到的创造。

——摘自《读书要有"问题意识"》

每一次创新都是思考所绽放的鲜艳花朵。创造与思索是艰难的，有时甚至是痛苦的，里面却蕴藏着一种特殊的魅力和幸福感。

——摘自《读书要有"问题意识"》

阅读过程同时也是读者生命介入的过程。

——摘自《读书让人拥有世界》

现在是一个信息、知识大爆炸的时代，每天的新事物、新知识层出不穷，不同外界持续地"交换能量"，就无法实现"与时俱进"的要求。

——摘自《读书让人拥有世界》

翻开数千年的文明史，我们会看到，人类每前进一步，都曾付出难以计数的惨重的代价。不要说汲取它的全部教益，即使是百一、千一、万一，对于社会发展、人类进步，也将是受惠无穷的。

——摘自《千古兴亡百年　悲笑一时登览》

聪明的人群总要努力战胜对于历史的多忘症，使前事不忘，成为后事之师。

——摘自《千古兴亡百年　悲笑一时登览》

远者如近，古者如今，活转来的经史诗文给了我们"当下"一个时空的定位，更给我们一个打开的不再遮蔽的视界。

——摘自《千古兴亡百年　悲笑一时登览》

赏鉴自然，实际上也是在观书读史，在感受沧桑、把握苍凉的过程中，体味古往今来无数哲人智者留在这里的神思遐想，透过"人文化"的现实风景去解读那灼热的人格、鲜活的情事。

——摘自《千古兴亡百年　悲笑一时登览》

真正的朋友是道义之交，推心置腹，志同道合，肝胆相照。

——摘自《退休者言》

凡是真正伟大并被世人所衷心景仰的杰出人物，无不具备高尚的人格和优秀的品质。

——摘自《退休者言》

工作要多做加法，而生活则应多做减法。

——摘自《退休者言》

就常人来说,不必死生契阔,不必火烫油煎,只要罹患过一场大病,被迫躺在病床上急救过几次,人们就会领悟到许多过去经常被忽略的道理。

——摘自《退休者言》

人的头脑所进行的劳动是一种创造性的、无比复杂的思维活动,绝非电脑软件的机械性的组合所能代替的。

——摘自《记忆不可少》

奖牌是流动的,胜负只具有一次性,而对于"和平、友谊、进步"的奥运精神的追求,则是万古长青的。

——摘自《奥运是个大学校》

入世就好比演戏,出世或者游世则无异于看戏。

——摘自《出世与入世》

民间传统文化,流布于社会、家庭,积淀在世俗观念之中。如果说,"四书五经"所表述的是人生应该怎样,那么,那些鲜活的民俗文化,则是现实社会中的实际如何,它反映了中国社会文化赤裸裸的原生态。

——摘自《传承 重塑 创新》

友谊对于人生,真像炼金术士所要寻找的那种"点金石",它能使黄金加倍,又能使黑铁成金。

——摘自《友谊漫话》

友谊是一种精神需要的满足。在友谊的氛围里,人们会感到自己处于一种心地澄明、灵魂净化的境界,从而产生一种崇高感、自豪感,因为友谊是对于自身人格的一种确认。

——摘自《友谊漫话》

中国人的智慧是超群的，我们没有理由盲目自卑。

——摘自《世界的眼光》

对于一个知识者来说，缺乏问题意识，不善于对社会、人生、自然现象、心理反应经常提出问题，容易导致思维的僵化与弱化。

——摘自《世界的眼光》

每个人的眼睛，实际上都植根于自己的心灵。

——摘自《论说文的文采》

人生有限，莫失片刻良机的怀抱。

——摘自《论说文的文采》

悲剧的产生并不一定都是由坏人、由罪恶的企图造成的。

——摘自《关于记叙文的写作》

大凡我们特别向往的名胜古迹，总是古代文化积淀深厚、文人墨客留下较多足痕、墨痕的所在。我们在读自然的大千世界，实际上也是在观书、读史。首先是把握了古往今来许多文人墨客留在这里的神思遐想，从一个景点走入历史的沧桑。这种自然的漫游，正是从一个场景、一件事情出发，展开一次悠长的艺术巡礼。

——摘自《我写纪游散文》

只有具备知识、思考、情操这三点，才能远离愚昧、鲁莽、鄙俗，远离动物而成为人类。

——摘自《莫笑放牛郎》

工作、实践的过程，本身就是一个才智输出的过程。

——摘自《莫笑放牛郎》

凡是活着的人都是一种耗散结构。

——摘自《莫笑放牛郎》

人本身就是一个开放系统，他需要不断地同外界交换能量、充实、提高自己。

——摘自《莫笑放牛郎》

一个人的生活质量，在很大程度上，取决于如何支配这些闲暇时间。

——摘自《莫笑放牛郎》

一个国家和民族，没有文化优势，就不可能正常发展，更谈不上拥有未来。

——摘自《文化的影响力》

文化是今天的经济的支撑和保证，更是明天的经济赖以发展的原动力。

——摘自《文化的影响力》

文化的基本功能是对人的教化与培养，追求更高层次的人生境界。这是人类精神生活的一个永恒的主题。可以说，人类社会的文明史，实际上就是一部掌握真、以实现善、从而达到美的历史。

——摘自《文化的影响力》

一个对思想不感兴趣的人，也可能很能干，但绝对谈不上有深度、有远见；心灵底子薄弱的人，既禁不起失败，也承受不了成功，挫折和掌声都会使他倒下去。

——摘自《漫谈人生不同阶段的读书学习》

问题是哲学的发展动力，问题开启了思维探索之门。

——摘自《漫谈人生不同阶段的读书学习》

读书是聚精会神的重要途径。

——摘自《漫谈人生不同阶段的读书学习》

刺激，未始不是一种有效的推动力。

——摘自《扬州旧事》

培养创新意识是促进人才成长的重要标志。要想成才，必须进行创造性的劳动，勇于走别人没有走过的路，解决别人没有解决的问题。

——摘自《切忌随人脚后行》

只有广泛地学习与借鉴，重视人才的师承作用与互补效应，才能博采众长，融会贯通，克服"习惯性思维"，不落窠臼。这是发展艺术、科学的正途，也是人才成长的必由之路。

——摘自《切忌随人脚后行》

从相反的事物有同一性、既对立又统一这个前提出发，明确思维的多向性，这是开阔思路，克服直线式、习惯性思维方式的有效途径。

——摘自《换个角度看问题》

一个不明白自己的理想横竿应该放在什么高度的运动员，是永远跳不到理想的高度的。这是因为，符合实际的理想、追求、抱负，往往能够构成一种内在动力和外设压力，它会激发、逼迫你把这种追求变成一种社会存在，唯有奋力实现之一途，而没有逃避、退缩的余地。

——摘自《皮格马利翁的期望》

如果我们立下坚定的志向，肯于向自己挑战，就有可能使内在的潜力变为现实的能力；反之，如果失去自信力，听任惰性去发展，那么，内在潜力也就无由展现，自消自灭了。

——摘自《皮格马利翁的期望》

不付诸行动，再好的期望也只能成为幻想。

——摘自《皮格马利翁的期望》

环境只能起到一种制约和影响的作用，而不是决定成才与否的唯一因素。环境对于人才的影响，取决于个人如何对待它。对于献身事业、自强不息的人来说，再艰险的环境，再恶劣的条件，也阻挡不了他去开拓闪光的人生之路。

——摘自《皮格马利翁的期望》

人在任何情况下，都不是无能为力、无所作为的。

——摘自《皮格马利翁的期望》

爱才尤贵无名时。

——摘自《马太效应》

世间万事万物，似乎都存留于时间之中；而时间总是掉头不顾，像脱缰野马一般逃逸，它会掠夺一切，带走一切。

——摘自《害怕时间》

  时间之所以可怕，正在于生命这时间的载体，对于所有的人都只有一次，而且只有消耗，而不可能重生再造。

——摘自《害怕时间》

  作为个体的人，无不生活在时间与空间的一个交叉点上，无论你怎样渴望久远，冀求永恒，最后所得到的也只能是稍纵即逝的瞬息。

——摘自《害怕时间》

  在与时间老人的博弈中,可以说,个个都是输家,任何人都不可能稳操胜算。

——摘自《害怕时间》

  时间的本质特征，是它的不停运转，万古长新，体现出无穷无尽的创新求异精神。

——摘自《害怕时间》

  时间老人是万分公正的，对于任何人都没有例外。

——摘自《害怕时间》

  扬长避短，合理使用，则天下尽多可用之才。关键在于要有惜才之心，识才之眼。

——摘自《废物——放错了地方的有用之材》

  赌博活动和一般的比赛完全不同，胜负的取得不仅与整体的体力、智力的高下无涉，甚至也不关乎当下的客观条件。它植根于人性弱点的现实把握和对人类理性的完全蔑视，迎合了人们以较少的投入获得较多回报，甚至不劳而获的投机心理。

——摘自《赌徒心理》

一个人之所以耽于赌博以至逐渐成瘾，起关键作用的还是心理影响、精神状态和思想意志。

——摘自《赌徒心理》

奖掖后进，荐贤举能，首先必须具有远见卓识。

——摘自《说项》

没有顺乎潮流、比较宽容的人才政策，就不可能发现和发掘出各方面具有真才实学的人才。

——摘自《未必人间无好汉》

人才济济的生动局面的出现，固应归因于多种因素，但是，关键还取决于当政者的思想与行动。

——摘自《未必人间无好汉》

崇高的理想之光，是燃亮心头火炬，激励人们克服困难，冲出逆境，奋发向上的巨大精神力量。

——摘自《三种境界》

攀登科学高峰，犹如唐僧去西天取经，需要经受无数磨难，历尽千劫万险。

——摘自《三种境界》

人民群众是最富有感情的。只要是为民兴利，哪怕是区区小事，都会家传户诵，历久不忘。

——摘自《公道站在时间老人的门口》

唯有刻在人民群众心头上的丰碑，将历久不磨，巍然永在。

——摘自《公道站在时间老人的门口》

人的智慧和力量也可以在"聚焦效应"作用下形成成才所需的必要能量。

——摘自《法布尔的忠告》

每条事业与学问之路，又都是"漫漫其修远兮"，不付出毕生的精力去探求，很难窥其堂奥。

——摘自《法布尔的忠告》

有许多身处逆境之中的人，奋发图强，刻苦自励，像烈火中的纯钢、怒雪里的红梅、暴风雨中的海燕，放射出奇异的光彩。

——摘自《扼住命运的咽喉》

清正刚直的人一身正气，两袖清风，凭原则办事，靠真理吃饭，毁不吾伤，誉不我喜，"心底无私天地宽"，自然会襟怀坦荡，无惧无虑。

——摘自《"荡荡"与"戚戚"》

成才之路漫长而艰苦。世界上从来没有唾手可得的成功，也没有一蹴而就的伟业。

——摘自《两首题画诗的启示》

盲目自满，自以为是，古往今来都是成才的大忌。

——摘自《两首题画诗的启示》

人才的本质特点在于创造。

——摘自《两首题画诗的启示》

人文社会科学的素养是每个人都不可或缺的，因为它直接关系到人们健康的成长和前进的方向。

——摘自《功在做人》

教育的根本功能，简言之，在于做人，在于塑造人的灵魂。

——摘自《功在做人》

人生有限，事业无穷。

——摘自《醉翁如是说》

要做到举贤荐能，必须具有高尚的情怀，也就是要"专利国家而不为身谋"。

——摘自《醉翁如是说》

实际上，古人早就说过："饮食男女，人之大欲存焉。"欲望是生命之所以成为生命的决定性本质。

——摘自《撑篙者言》

钓鱼的乐趣并不体现于最后的吃鱼，它是在持续的等待、观察、期望、追求中获得心理上的充实、满足，体验情致上的悠闲、恬适。

——摘自《从容品味》

当一种习俗或者礼仪为某一群人所共同认可之后，它就会自然而然地成为每一个体所必须遵循的准则。

——摘自《哭灵》

事情总是由于保密而成功，因为语言的泄露而失败。

——摘自《纳兰心事几曾知》

纯真的爱，作为人类一种自愿的发自内心的行为，作为自由意志的必然表现，是不能加以强制命令的。外力再大，无法强令人产生情爱；同样，已经产生的情爱，也不会因为外在压力的强大而被迫消失。

——摘自《孤枕梦寻》

对于美好的事物，人们总是无限追恋的。当残酷的现实扯碎了希望之网时，痛苦的回忆便成了最好的慰藉。

——摘自《孤枕梦寻》

所谓性灵，就是既本乎性情，又注重灵机、灵悟、灵思，即灵敏的审美感觉、灵巧的想象、构思，以及由感觉得来的独到见解。

——摘自《其人与笔两风流》

爱情永远同人的本性融合在一起，它的源泉在于心灵，从来都不借助于外力，只从心灵深处获得滋养。这种崇高的感情，只有开始而没有结束。爱情消灭了时间、空间的限制，具有永生的品格。叛逆者的声音，敢于向封建礼教宣战的激情，无论是获胜了或者招致失败，都同归于不朽。

——摘自《泉路何人说断肠》

就一定意义来说，爱情同人生一样，也是一次性的。人的真诚的爱恋行为一旦发生，就是说，如果心中早已有了意中人，就会在心灵深处留存下永难磨灭的痕迹。这种唯一性的爱的破坏，很可能使而后多次的爱恋相应地贬值。在这里，"一"大于"多"。对于这种现象，我们应该提到爱的哲学高度加以反思，而不应用封建伦理观念进行解释。

——摘自《泉路何人说断肠》

万千成败是非，转瞬间烟消云散，与历史长河相比，实在显得非常渺小与短暂。

——摘自《风波中的彻悟》

生活是一部教科书。

——摘自《风波中的彻悟》

借马喻才，阐明识才、育才、用才的道理。一句话，并非世无良才，关键在于当政者是否采取了科学的方法与正确的态度。

——摘自《此马非凡马》

如果说，友谊是痛苦的舒缓剂，哀伤的消解散，沉重压力的疏泄口，灾难到来时的庇护所；那么，对友谊的背叛与出卖，则无异于灾难、重压、痛苦的集束弹、充气阀和加油泵。

——摘自《灵魂的拷问》

作为爱情的实现目标，作为一场历经情爱考验而获得的胜利果实，那种完全剔除功利考量的两情相悦、两性结合，确乎令人神往。

——摘自《当人伦遭遇政治》

古老、神秘的"情死"本身，原是一种爱情遭受摧残后的感情变形，终竟属于过去制度下的一道风景。但它所蕴含的那种渴望爱情自由，誓不与陈规旧制妥协，宁为玉碎不为瓦全的抗争精神，却是具有深刻的认识价值和美学意蕴的。

——摘自《问世间情为何物》

人们所见的只是一条世俗之路，而殉情者真正踏上的不归之路却是无形的，那是一条除了自己，其他人谁也看不见的心灵之路。

——摘自《问世间情为何物》

古往今来，凡是称得上艺术杰作的，必然在有限的形象中包含着无限的意蕴。

——摘自《一年谈话今宵多〈渴望超越〉》

人们钟情绿地，渴望回归自然，绝非仅仅为了怡情悦目，健体强身；更深层次在于寻觅一处心灵的憩园。

——摘自《净土情缘》

健全的人生离不开真善美的发掘与弘扬。借鉴与吸收外间经验，无疑是极端必要的。但是，总不能脱离民族传统的土壤。

——摘自《三道茶》

如同庄稼地里春种、夏耘、秋收、冬藏一样，人的成长也是区分层次、划出阶段的，不可能毕其功于一役。

——摘自《童年镶嵌在大自然里》

人类是自然之子，婴儿脱离了母体，有如人类从树上走向平地，并没有因为环境的改变而与自然隔绝，相反，倒是时时刻刻都在保持着、强化着这种血肉联系。

——摘自《童年镶嵌在大自然里》

人们对于已经占有、已经实现的事物,不及对于正在追求、若明若暗、可然可否的事物那样关心。

——摘自《五岳还留一岳思》

科学家不是工匠,科学家的知识结构中应该有艺术,因为科学里有美学。

——摘自《序〈白云书院纪念文集〉》

源于强烈的社会责任感和对人民群众深厚的感情,才能激发蓬勃的创作热情。

——摘自《崔克俭集序言》

人在成长过程中,懂得限制自己,是一种大智慧。

——摘自《〈纸上的年轮〉序言》

定力,表现为一种人生智慧。一个思想者、大学者,他的智慧是别人代替不了的。

——摘自《〈纸上的年轮〉序言》

年纪大时所写的东西与年轻时所写的东西是有明显不同的,它有一个再体验、再认识的过程。像酒一样,放的时间越长越醇香。

——摘自《散文创作纵横谈》

凡事一当高度自觉,怀着一种需求,一种功利性,往往就会丧失了诗性。

——摘自《散步的历程》

细究这种蓬勃气势的由来，我以为，根本上在于内容充实，思致深邃，论证遒劲有力。理直才能气壮，神完方可势足。

——摘自《大匠成风巧运斤》

对于时间的思考，是人类生命体验、灵魂跃升的一束投影。

——摘自《辽海春深〈石上精灵〉》

健全的人生，需要不断地发掘美、滋润美。

——摘自《辽海春深〈醉叶吟〉》

其实，美是到处都有的，关键在善于发现。

——摘自《辽海春深〈醉叶吟〉》

在社会主义生产关系中，人们通过辛勤的脑力、体力劳动，为国家多做贡献，为社会多创造财富，增加了收入，实现了富裕，这原是最体面、最光彩的事。

——摘自《辽海春深〈送穷迎富〉》

文化不是自然存在的事物，乃是人类所创造的不同形态的特质。

——摘自《辽海春深〈在这桃花盛开的时节〉》

所谓创造，也就是无中生有；而人的创造力是永无穷尽的。

——摘自《辽海春深〈喧腾的辽河口〉》

一项重大战略决策，作为政治哲学智慧的体现，总会迸发出难以意料的神奇效能。

——摘自《辽海春深〈似曾相识的白云〉》

稳定是工作的结果，前提是顺民意，得民心。

——摘自《辽海春深〈民心〉》

任何真正具有艺术价值的城市雕塑一旦形成，便作为民族文化的永久性物化形态，具有永恒的意义。

——摘自《辽海春深〈城市的灵魂〉》

如果说，那种所谓鬼打墙，纯属迷信人群头脑中的幻觉；那么，现实生活中这些思想障碍，却并非毫无根据的臆想，而是有其长远的社会根源与思想根源的。

——摘自《辽海春深〈鬼打墙〉》

中华文明，由于并非单一起源，而是多源共生的，因而就其本质来说，是一种多元混合型文明。

——摘自《辽海春深〈认识辽宁　欣赏辽宁　热爱辽宁〉》

真理力量、人格魅力、自信力、定力——这四个"力"，确实都很关键。

——摘自《一年谈话今宵多〈增强领导干部的人文修养〉》

积极进取与避退消沉这两种心态的形成，或者说这两种价值观的建构，无论达官显宦还是学者文人，甚至包括普通民众，都和年龄、阅历、处境有很大关系。

——摘自《邯郸道上》

实用主义是一种生活哲学，与功利主义相通。

——摘自《他那一辈子》

社会越是混乱、无序，人们便越是注重实利，讲求实惠，直到鄙视操守，厌弃理想。

——摘自《他那一辈子》

一个人在其生命与人格进入成熟期后，都会有面对人生的自我设计。

——摘自《忍把浮名换钓丝》

情到浓时，又常常为造物所忌，结果免不了要出现令人扼腕的悲剧性结局。

——摘自《撑篙者言》

目光、眼力也好，视野也好，说到底，都是一个识见问题。有了超凡的识见，才会有超常的智慧、勇气与毅力。

——摘自《寒夜早行人》

时间峻厉无情，却又是万分公正的，它善于选择，它并没有吞噬一切。

——摘自《叩启鸿蒙》

世路维艰，征程迢递，各色人等都难免会遭遇到劫难，成功者自然也不例外。

——摘自《成功者的劫难》

功成见嫉，自古已然。

——摘自《成功者的劫难》

又要它叼鱼，又不让吃饱，利用与限制相结合，这就是驾驭鸬鹚的权术。

——摘自《成功者的劫难》

阴暗心理是嫉妒所由产生的一个重要根源。

——摘自《成功者的劫难》

同一题材的诗，不同的人写，反映出各自的身份、个性、胸襟。

——摘自《其人与笔两风流》

哀莫大于心死，苦莫过于无聊。无聊会使人处于麻木状态，造成生命的停滞。

——摘自《仙客遐思》

音乐语言是一种感情的语言，有着丰富的表现力和强烈的感染力。

——摘自《壮歌行》

在每个人的生命途程中，都曾有过一个抛却任何掩饰、显现自我本真的阶段，那就是童年。

——摘自《游戏》

自由飞翔的愿望和现实的种种羁绊之间，仿佛永远有一道无形的穿不透的墙。

——摘自《孤枕梦寻》

荣誉也罢，诽谤也罢，都不过是蓝天上的一片浮云，很快都会被风吹散，一切都将成为过去。

——摘自《逍遥游》

人在本质上是有限的存在，不仅要受到空间、时间的拘缚和种种社会环境、传统观念的约束，而且，很难摆脱名缰利锁的诱惑与折磨，"求之不得，寤寐思服"。

——摘自《逍遥游》

心病的产生来自于心神自扰，源于自身的烦乱。可见，解脱心灵负累，作用于精神层面，该是何等重要！

——摘自《逍遥游》

荣与辱、顺与逆、成与毁、得与失，相伴而生，随时为变。每一番颠折的结果，带来的都是痛苦与烦恼。

——摘自《逍遥游》

戏到这里也就收场了。八十余年过去，天上白云苍狗，人间陵谷变迁。当年"舞台"上的三个主角、两个配角，一个个都已相继退场。看来，历史老仙翁的宝葫芦，确实不是吃素的，嗖嗖嗖地，不住地往里吸人。

——摘自《〈成功的失败者——张学良传〉序言》

《松花江上》，我是直到新中国成立后上了初中才听到的。那苍凉悲慨、凄婉动人的歌声，一下子就把我的"少年心"紧紧地攫住了，听着，听着，眼泪便唰唰地流淌下来。音乐本身就具有移情动性、感发兴起的功能，加之身在曾经沦为殖民地的东北，有着直接的生活经历与生命体验，因此，那回环萦绕、反复咏唱的旋律，像是旋动着的一颗螺丝，一步步把激扬澎湃的情感推向顶端，直如万箭攒心，肝肠欲断。

——摘自《〈成功的失败者——张学良传〉序言》

世人结交，多种多样。有总角相识，友谊深结，始终坚守不渝的故旧之交；有相逢于危难之中，共济时艰，托契深重，甚至以性命相许的患难之交或生死之交；有志同道合、情趣相投、声应气求的知己之交；有向风慕义，精神上相互信赖、相互砥砺，事业上相互支持的道义之交；当然也有趋炎附势，私利交接，彼此互为利用，势衰而交绝、利尽而情疏的势利之交或市井之交。

————摘自《〈成功的失败者——张学良传〉序言》

"万事重经始，生民皆有初"。庆生辰，原乃人之情亦理之常也。人是最可宝贵的。这一天，不仅见证了一个家庭新的生命的肇端，也像树木的年轮、崖岸的潮痕，记录下岁月流逝的重重轨迹。因此，无分肤色，无分畛域，无分族群，也不论男女老少，都对年年此日，怀有一份特殊的情感，为祝为颂，饶有兴趣。

————摘自《〈成功的失败者——张学良传〉序言》

人们常说："孩生日，娘苦日。"每逢自己的生辰，都会记起母亲临产、分娩的痛苦，所谓"哀哀父母，生我劬劳"。下至平头百姓，上自帝子王孙，任谁都没有例外。为此，古代的梁元帝、隋文帝都曾下令，在自己生日那一天，要为母亲吃素，以报答其苦难与艰辛。

————摘自《〈成功的失败者——张学良传〉序言》

一般认为，爱缘于情，似乎与理智、逻辑不相干。实际上，只要是认真而实在的爱恋，总都具有严格的选择性，就是说，排除不了理性的参与。当然，爱的根性在于情感，情感常常依凭于直觉。有人对世界文学作品中所描绘的无数种爱恋形式进行分析研究，得出一个大致相同的结论：在这里，直觉表现为一种潜在的、十分敏捷的逻辑，亦即对所爱者的直觉评判，往往是惊人的透彻与准确。从而，一经认同，便历久不变。

————摘自《庆生辰》

有人问了：世界上，有没有一样东西，在你失去了七十年之后，仍然属于自己的呢？回答是：说不清楚。如果硬是要给出一个答案，那么我说，恐怕就是故乡了。不是吗？隐藏在心底的故乡，哪怕是一砖一石、一草一木，通过大半生的想象与向往，经过浩荡乡愁的刻意雕饰，它就像存贮多年的陈酿那样，已经整个醇化了，诗性化了。

——摘自《阳山外山》

对于绝大多数人来说，在这个俗世上，要想做到"看空一切"，原非易事。这看似简单至极的四个字，实际是过来人的一番彻悟。一般的没有经过大起大落、剧烈磨折，缺乏足够的生命体验的人是难以做到的。之所以有"英雄回首即神仙"的说法，即在于回首看红尘这一点。这是一种由迷到悟的过程，不是过来人，既讲不出来，更难以悟解。

——摘自《鹤有还巢梦》

人到老年，生理和心理向着两极延伸，身体一天天地老化，而情怀与心境却时时紧扣着童年。少小观潮江海上，常常是壮怀激烈，遐想着未来，憧憬着天边；晚岁观潮，则大多回头谛视自己的七色人生，咀嚼着多歧而苦涩的命运。

——摘自《人生几度秋凉》

故国，已经远哉遥遥了。别来容易，可再要见她，除去梦幻，大约只能到京戏的悠扬韵调和"米家山水"、唐人诗句中去品味了。世路茫茫，前尘隔海，一切都暗转到苍黄的背景之中。人生几度秋凉，一眨眼间，五陵年少的光亮额头，就已水成岩般刻上了道道辙痕，条条沟壑。

——摘自《人生几度秋凉》

"神仙"者，实际上代表了一种超乎形骸物欲之上的向往，是生命的升华，精神的超越，或者说，是人的灵性净除尘垢之后，超拔于俗情系累所获得的一种"果证"。在中国，英雄与神仙原是靠得很近的。豪杰的过人之处，在于他的胸襟有如长天碧海，任何俗世功利放在它的背景之下都会缩微变小，看轻看淡；他能把石破天惊的变故以云淡风轻的姿态处之，而并非纯然割弃世情，一无挂虑。

——摘自《人生几度秋凉》

作为饱经病苦折磨的往生者，死亡未始不是一种惬意的解脱；可是，留给未亡人的，却只能是撕心裂肺的伤痛，生不如死的熬煎。过去时时刻刻都能感受到的海样深情，竟以如此难以承受的方式，在异国他乡戛然中断，这对于风烛残年的老人，真是再残酷不过了。一种地老天荒的苍凉，一种茫茫无际、深不见底的悲怆，掀天巨浪般地兜头涌来，说不定哪一刻就会把他轰然摧垮。

——摘自《人生几度秋凉》

"本来是要驰向草原，没承想却闯入了马厩。"这种动机与效果、期望与现实恰相悖反的现象，在很大程度上，源于人性的复杂和机缘的有限。生活在现实中的各色人等，伟人也好，常人也好，都不可能一切随心所欲，为所欲为。清人胡大川《幻想诗》中有这样两句："天下诸缘如愿想，人间万事总先知。"既然叫"幻想"，就不可能成为现实。实际上，世间任何人的愿望、追求，都不能不受制于他人，都无法完全摆脱社会环境的影响。

——摘自《人生几度秋凉》

一切看似神秘莫测的事物，其实，它的背后总是有规律可循的。即以人的命运、人的种种作为以及结局、归宿来说，那个所谓冥冥之中背后看不见的手，恰恰应该、也能够从自身上来寻找。

行为科学认为，作为个体的人，是生理、心理、社会三方面综合作用的产物，因而构成行为的因素，就包括生理、心理、社会文化三大要素。

其中社会文化因素，一方面通过个人后天的习得构成行为的内在基础，另一方面，它又和自然环境一道成为行为主体的活动对象和范围，并处处制约着人的行为，从而也影响到人的命运。它在一个人身上的综合体现，是个性，包括个人的性格、情绪、气质、能力、兴趣等，其中又以性格和气质为主导成分。

在这里，气质代表着一个人的情感活动的趋向、态势等心理特征，属于先天因素；而性格则是受一定思想、意识、信仰、世界观等后天因素的影响，在个人认识和实践活动中形成、发展起来的。二者形成合力，作为个性的主导成分，作为内在禀赋，作为区别于其他人的某种特征和属性的动态组合，制约着一个人的行为，影响着人生的外在遭遇——休咎、穷通、祸福、成败。正是从这个意义上，人们常说，个性就是命运。

——摘自《成功的失败者》

人生道路的选择是一次性的，只有现场直播，而没有彩排、预演。"三生石上旧精魂"，原是文人笔下的寄托和幻想。同样，历史就是历史，它是既成事实，不存在推倒重来的可能。当然，如果换一个思路，或者调整一下角度，比如从研究历史、探索规律出发，倒也不妨做出种种悬拟，设计一个应然而未必然的另一种版本。

——摘自《成功的失败者》

愈是不能实现，便愈是向往，对方形象在自己的心里便愈是美好，因而产生加倍的期盼。正所谓"物之更好者辄在不可到处，可睹也，远不可致也""跑了的鱼，是大的""吃不到的葡萄，会想象它格外甜"。还有，东坡居士的诗句"脚力尽时山更好，莫将有限趁无穷"，清代陈启源所言"夫说（悦）之必求之，然惟可见而不可求，则慕说（悦）益至"，这些，都可视为对于企慕情境的恰切解释。

——摘自《伊人宛在水之湄》

作为一种心灵体验或者人生经验，与这种企慕情境相切合的，是有待而不至、有期而不来的等待心境。宋人陈师道诗云："书当快意读易尽，客有可人期不来。世事相违每如此，好怀百岁几回开？"可人之客，期而不来，其伫望之殷、怀思之切，可以想见。而世路无常，人生多故，离多聚少，遇合难期，主观与客观、期望和现实之间呈现背反，又是多发与常见的。

——摘自《伊人宛在水之湄》

作为中华民族优秀传统文化的重要内容，感恩是一种传统美德与美好善良的道德情感，表现为一种人格、一种人生境界，也是构建和谐社会、增强中华民族凝聚力的伦理基础。对于个人来说，常怀感恩之心，生命就会得到滋润，可以使自己经常保持健康心态、进取信念，看到生活中的前进希望，有效地增强社会责任感。这种知恩图报、感恩戴德的情怀，再进一步就会表现为种奉献精神、真诚自愿地付出的行为。

——摘自《慈母颂》

古人说"世有伯乐，然后有千里马"，说明伯乐在识才方面的作用至大。但细想一下，世上的良马（人才）多得很，并且常常与平庸的凡马、驽钝的劣马混杂在一起，单靠几位伯乐先生的青睐，又怎能适应多方面的需要呢？何况，伯乐还有其自身的局限性。对于自己专业范围内的千里马，伯乐是能够发现、识别的，而在非其所长的领域里，恐怕就难以做到发现及时、识别准确了。解决这类矛盾的根本途径，是实现伯乐功能的社会化、制度化，亦即从"个体伯乐"过渡到"群体伯乐""制度伯乐"，才有可能真正做到"野无遗贤"，才尽其用。

——摘自《还需"制度伯乐"》

人是环境的产物，境遇能够造就人，也能够改变人；存在决定意识，随着社会等级差异以及地位的改变，人的感情、心态也往往会发生变化。《孟子·尽心》章有言："居移气，养移体，大哉居乎！"说的就是地位、处境以至环境可以改变人的气质，奉养可以改变人的体质，人总是随着地位、境遇的变化而变化，看来，境遇对于人的影响真是太大了。

——摘自《境遇能够改变人》

同样叫作"闲"，却有心闲与身闲、真闲与假闲之分。如果心中满是计较、攀比、争竞、牵挂，即便身体处于休闲状态，也很难获得真正的闲适；至于游手好闲、百无聊赖，那就与心闲完全不沾边了。"闲到心时始是闲"。心闲，应是主体从现实利害关系中超脱出来，不为物役，不为名累，这是一种境界。

——摘自《闲到心时始是闲》

领导科学告诉我们，高明的领导者，应该善于分清主次，正确处理事关全局的根本性工作与具体事务的关系，凡属应由下级来做的事，就要大胆放手，不能"越俎代庖"，包揽一切。否则，势必陷入辛辛苦苦、忙忙碌碌的事务主义，既浪费了领导的宝贵时间和精力，又会助长下属的依赖性，反过来，更加重了自己的负担。道理很简单，就一个人来说，时间与精力毕竟是一个常数，有所不为才能有所为，谁也没有办法同时骑两匹马。假如硬要勉为其难，本末兼顾，细大不捐，其后果是可想而知的。

——摘自《一言为宝》

针对"人心不足蛇吞象"，贪得无厌，欲壑难填的现实，古代哲人老子发出警告："罪莫大于可欲，祸莫大于不知足，咎莫大于欲得"；庄子在《盗跖》篇，也借助知和之口，告诫世人："平为福，有余为害者，物莫不然，而财其甚者也。"都是强调知足知止。知足，是就得之于外而言，到一定程度就不再索取；知止，是从内在上讲，主动结止、不要。知足，使人不致走向极端，不会事事、处处与人攀比。一个人活得累，小部分原因是为了生存；大部分来源于攀比。知止，可以抑制贪求，抑制过高过强的物质欲望。

——摘自《善用减法》

世上常情是:"身后有余忘缩手,眼前无路想回头。"庄子曾慨乎其言:"一受其成形,不亡以待尽。与物相刃相靡,其行进如驰,而莫之能止,不亦悲乎!"一个人的追求应该是有限度的,必须适可而止;不属于自己的东西,不能贪得无厌,穷追不舍。否则,让名缰利锁盘踞在心头,遮蔽了双眼,那就会陷入迷途,导致身败名裂的悲剧下场。

——摘自《祸莫大于不知足》

一切事物都在发展的过程中,从这个意义上说,都具有不完美性。我们可以也应该尽量追求完美,并逐步向完美的方向发展,但要一蹴而就,实现绝对完美无缺的境界,却无论如何也办不到。硬要苛求,势必演化成为闹剧以至悲剧。总之,求全责备的后果往往不妙。道理在于完美无缺的境界,好似一个封闭的系统,即使真的实现了所谓"止于至善"的完美无缺,那也只是表明,事物再也不能向前发展了,新陈代谢的功能失去了,生机活力也就到此终结了。

——摘自《甘瓜苦蒂　物无全美》

"看花应不如看叶",这里蕴含着人生至理。繁花似锦,容易凋谢,而活力充沛的绿叶婆娑,则比较长远,而且同样能够给人以美感。如果跳出自然景观,扩展到社会人生层面,前人有"寄至味于淡泊""绚烂归于平淡"的说法。淡泊也好,平淡也好,都是一种人生境界、一种生存方式,反映出一个人内在的襟怀与外在的风貌,集中地表现为一种人生追求、精神涵养。这种宁静与淡泊,会使人显示智慧的灵光、超拔的感悟,以"过来人"的清醒与冷静,对客观事物做静观默察,持超拔心态。平淡不是消沉,乃是修养已深,思想和见解均已成熟,归返纯粹自然,而无丝毫做作。

——摘自《人生境界》

  中国古代哲人庄子有一句名言："吾生也有涯，而知也无涯。以有涯随无涯，殆已！"人生是一次单程之旅，对生命的有限性和不可重复性的领悟，原是人生的一大苦楚。这应包括在佛禅提出的"人生八苦"之中，它当属于"求不得"的范围。由于时间是与人的生命过程紧相联结的，一切作为都要在这个串系事件的链条中进行，所以，古往今来，人们对于时间问题总是特别敏感，倍加关注。古人说："恨不得挂长绳于青天，系此西飞之白日。"然而时间是个怪物，你越是珍惜它，它便越是在你面前疾驰而过。在与时间老人的博弈中，从来都没有赢家。人们唯一的选择是抓紧"当下"这一段或长或短的时间。过去已化云烟，再不能为我所用；将来尚未来到，也无法供人驱使；唯有现在，真正属于自己。与其哀叹青春早逝，流光不驻，不如从现在做起，珍惜这仍在不断遗失的分分秒秒。

  但可惜的是，许多人在青春年少时并不知惜取韶光，直到年华老大，百事无成时，才痛悔前尘，但为时已晚。世间许多宝贵的东西，拥有它的人常常并不知道珍惜，甚至忽视它的存在；只有失去了它的时候，才真正认识到它的可贵，懂得它的价值。如同百万富翁体味不到"阮囊羞涩"的困境一样，青少年中很多人不能充分理解中老年人惜时如金、奋力拼搏的急切情怀。

  "从今打点未干时"，寄寓着过来人的沉痛反思，揭示了人生的真谛。

——摘自《珍惜当下》

  事物是多种多样的，自然要有不同的需求、不同的意向、不同的选择。它告诉我们，执掌权衡者必须放眼全局，树立整体观念，统筹考虑，兼顾各方利益。而从局部来说，则须认识到，凡事难求两全，获得这个，就要放弃那个，不能设想满足一切需求。这是客观存在，不以人的意志为转移。

冯友兰先生曾说"世界本非为人而设，人偶生于其中耳""此世界既非为人设，故其间之事物，当然不能尽如人意"——这个"人"是就整体而言，至于某些个体（不管其地位多高、权势多重）就更不要说了。可是，有些人却缺乏这种清醒意识，总要熊鱼兼得，"万物皆备于我"。这样，轻则带来无穷的苦恼，"求之不得，寤寐思服"；重则触霉头、吃苦头、跌跟头。

——摘自《矛盾无所不在》

社会学中有"先赋角色"与"自致角色"之说。前者是指建立在血缘、家庭等先天因素基础上的社会角色，通常无须努力而自动获得，因此也称自动角色、归属角色；而后者与之恰相对应，需要凭借自己努力而获得，所以称为自致、自获角色。由于需要通过自身努力来获得，凭"竞争上岗"，自然就要刻苦上进，奋力拼搏。

——摘自《重视自致角色》

社会现实中，人与人之间的关系，不外乎三个层次，三种状态：一曰同体，"松上萝"即属于这一类，用于人生，可以引申为相互依存、相互利用的"哥们"，利在则合，利尽则分。二曰同根，《名贤集》说的"藤萝绕树生，树倒藤萝死"，可能就是说，藤萝与树同根而生，这样才能松死藤也死。其实，这在有些情况下是靠不住的。日常生活中，同根可以理解为同胞。曹植《七步诗》中，就是说与其兄曹丕"本是同根生"，但不还是悲叹"煮豆燃豆萁，豆在釜中泣"，直至追问"相煎何太急"吗？三曰同心，可以引申为知己，或者志同道合、信念一致的道义之交。真正能够同生死、共患难的是这一类，所以，古人又把这种交情，说成是"刎颈之交"。

——摘自《殊堪风世》

日前，北京某报载文，谈韩信因漂母一饭而报以千金，以及古训中的"滴水之恩当以涌泉相报"，认为这两件事"有其不合理的一面"。基于

"经济交易"中的"公平交换"原则,作者认为,在这种交易中,双方"都致力于最大限度扩大收益,同时降低代价",以实现"相等或者稍微多一点的方式回报对方"。这样,只要比原施者稍微多一点的回报量——一饭报以一金,或者滴水报以杯水、盆水就可以了。此说貌似有理,其实大谬。报恩与市场交易有本质的不同,前者最高宗旨是善,后者终极关怀是利;善是为义而付出,利要合义而获得。如果在人际关系中普遍以利益交换为原则,即使是"公平交换",也谈不上是善。韩信发迹后以千金报答漂母,在漂母死后人们又为其修建漂母祠,其真正的意义并不在于报恩,让施恩者得到超重的回报,而在于阐扬和遵行知恩图报的道德原则。我们今天倡导知恩图报,赞扬"滴水之恩当以涌泉相报",是要使施恩与报恩不致沦落为商业场中的等价交换,让维护高尚道德行为的人情关爱,与锱铢必较的商品交换划开明确的界限。

——摘自《千金与一饭》

古往今来,评说为政者不外三个层面:一是名位,包括职级、地位、名分,亦即所谓功名,这应属于浅表层次;二是勋业,泛指勋劳、功业、建树、奉献,这就深入一层了;而在中华文化传统中,功业、贡献之外,评价历史人物,还要看其人的思想、品格、德行、风范,这就进入了道德伦理、价值判断的深层次。就诸葛武侯来说,尽管名位居于刘备之下,但由于他同时占据了后面两点,特别是忠于国家、热爱人民,"鞠躬尽瘁,死而后已"的完美人格,获得了千秋万世人民的崇高敬仰与衷心爱戴。这样,"门额大书昭烈庙,世人都道武侯祠",就完全可以理解,甚至成为必然的了。

——摘自《金杯银杯不如民众口碑》

苹果最辉煌的时候是砸在牛顿头上那一刻。

——摘自为吉林大学师生做的报告《如何写思辨性散文》

老鼠敢于嘲笑猫，它身后肯定有一个洞。

——摘自为吉林大学师生做的报告《如何写思辨性散文》

谎言是听的人当真了，誓言是说的人当真了。

——摘自为吉林大学师生做的报告《如何写思辨性散文》

如果找不到可心的伞，宁可挨雨淋。

——摘自为吉林大学师生做的报告《如何写思辨性散文》

善良，就是在别人挨饿的时候自己不吧嗒嘴。

——摘自为吉林大学师生做的报告《如何写思辨性散文》

年轻人需要指点，但不需要指指点点。

——摘自为吉林大学师生做的报告《如何写思辨性散文》

学习有三个层次：不但要知其然，还要知其所以然，更要知其所应然。

——摘自为吉林大学师生做的报告《如何写思辨性散文》

当人在说话的时候，话也在说人。

——摘自为吉林大学师生做的报告《如何写思辨性散文》

废物是放错位置的有用之材。

——摘自为吉林大学师生做的报告《如何写思辨性散文》

许多生活的图像，在心灵的长期浸染下，已经成为一种前尘梦影，旧时月色，一似飘逝的过眼云烟，或则了无踪影，或则漫漶模糊。由于追忆属于想象的领域，它是在时空变换条件下的一种新的综合，新的加工，因此，

王充闾先生智语

凡是追忆都会或多或少、或显或隐地夹杂着本人对于过往情事的重新诠释，包括赋予它以当时未必具备的新的意蕴、新的感受。也正因为这样，所以，无论回忆也好，捕捉光影、勾勒情怀也好，充其量只能是粗具形体的原始素描，而绝非摄影机下原原本本的照相，更不可能是那种记录三维空间整体信息的全息影片。

——摘自散文集《淡写流年》

第三部分 案牍山水

作家、艺术家的思想，不能仅仅是一个道德规范、行为规范，也就是仅仅停留在政治态度、做人标准上，还应该进入一个认识论的范畴，站在民族、社会、时代的最前沿。

——摘自《一年谈话今宵多〈同中学生谈散文创作和欣赏〉》

作家写历史人物，不在于带着读者重温历史事件，说出一些更背景化的真实，而在于站在一个较高的视界上，引领读者思考当下，认识自我，提升精神境界。

——摘自《辽海春深〈书缘〉》

情，是文学的生命。凡是传世的名篇，无不文自情生，贯穿着一根真情灼灼的红线。

——摘自《皖南杂识》

最高的哲学是诗意化的哲学，而最高的诗也应该是哲学化的诗。

——摘自《序颜翔林〈美学随笔〉》

哲学，不仅是理性思维的果实，它也常常是诗性思维的宁馨儿。

——摘自《逍遥游》

文学创作是与功利目的绝缘的。

——摘自《逍遥游》

语言是思维方式的外壳。采用何种语言形式与述学方法、表意方式，往往取决于作者的思维类型；随着思维方式的不同，语言形式与展示方式亦将发生相应的变化。

——摘自《逍遥游》

作为人们思考问题的程式与方法，思维方式是由一定的文化背景、知识结构与个性习惯所构成的。而文化背景与知识结构又往往与精神风貌紧相联结。

——摘自《逍遥游》

与思维方式相联结的，是视角的选取。形象地说，每个人的眼睛，实际是长在自己的心灵上。就是说，纯客观的认知与体验是不存在的。

——摘自《逍遥游》

飞扬的意象，诗性的语言，读来真是一种惬意餍心的美的艺术享受。

——摘自《逍遥游》

所谓历史感或历史意识，就是指对过去的回忆与将来的展望中体现出来的某种自觉意识和反思，其中蕴含着一种深刻的领悟。

——摘自《一年谈话今宵多〈散文激活历史〉》

无论是史学还是文学，都应该具有深邃的哲思和精美的诗性。

——摘自《一年谈话今宵多〈散文激活历史〉》

真情是文学艺术，也是史笔的灵根。它不仅仅满足于无可辩驳的逻辑力量，还应具有诗一般的激情和深沉的美感。

——摘自《一年谈话今宵多〈散文激活历史〉》

你肚子里有真实货色，才能使出真功夫，给人启迪，给人教益。眼高可能手低，但眼低肯定手低。

——摘自《一年谈话今宵多〈同中学生谈散文创作和欣赏〉》

毫无疑问，一个对思想、思考不感兴趣的人，可能是一个能干的人才，但必定不是一个有深度、有远见的战略家。

——摘自《一年谈话今宵多〈漫谈读书治学〉》

读书关系到人生追求、生活目的。开始它是以知识形态出现的，后来贯通了，增长了见识，提高了预见性与辨识能力，转化成人生智慧，转化为辩证思维。

——摘自《一年谈话今宵多〈漫谈读书治学〉》

诗如其人，诗品反映人品。作为文学艺术的重要表现形式，诗歌不仅是社会实践活动的生动反映，也是人类精神创造活动的重要表现，是诗人思想、人格的表现，是作家生命的重铸、灵魂的复现。

——摘自《功夫在诗外》

作家的本事在于实现艺术形象的有限性与艺术内容的无限广阔性的完美统一。

——摘自《五岳还留一岳思》

文学，在很大程度上，可以说是人学。

——摘自《〈崔克俭集〉序言》

文学是作家表达自己思想观念的方式。

——摘自《〈散文创作谈〉序》

创新是文学的生命。

——摘自《〈王充闾散文精品集〉序》

文学艺术是公众的事业。

——摘自《笔耕墨耘从我所好》

文艺的生命线在于真情灼灼,由此益见其自然与可贵。

——摘自《笔耕墨耘从我所好》

爱好文艺本是人的一种自然天性。

——摘自《笔耕墨耘从我所好》

进行创作准备的过程,就是不断提高自身思想文化素养的过程。

——摘自《诗文千古贵情真》

真情实感,是文学的生命线,是衡量诗文作品品格高下的首要标准。

——摘自《诗文千古贵情真》

真正的艺术品,总是具有无限的可阐释性,展现出无比丰富的自在空间。

——摘自《〈苏方桂文集〉序言》

情节服从性格,服务于典型塑造。

——摘自《〈苏方桂文集〉序言》

一缕真气自胸臆中汩汩流出。

——摘自《哦诗如对素心人》

有一等襟抱,一等人品,一等眼界,才可能有一等真诗。胸襟、眼界决定着一个诗人的识见;而识见对于诗词创作是至关重要的。

——摘自《诗魂情语》

文艺是心灵工厂的产品。

——摘自《诗魂情语》

缘情言志，或托物寄兴，或因事纪感，均属有感而发，因而情真意切，与涂丹敷粉、无病呻吟、填书塞典者迥异。

——摘自《诗魂情语》

诗如其人，格调雅正，境界高远，而又能以意象出之。

——摘自《诗魂情语》

以情感人，是一切艺术作品的本质特征。

——摘自《诗魂情语》

"诗言志"，为我国诗论之开山纲领。

——摘自《诗魂情语》

今人写旧体诗的真功夫，在于能够把古典形式与现代情感统一起来。

——摘自《诗魂情语》

一往神韵，行乎其间。眼前景致，口头言语，便是诗家体料，可谓雅人深致。

——摘自《诗魂情语》

诗开头难，结尾尤难，这是诗人苦心孤诣之所在。宋人沈义父在《乐府指迷》中说："结句需放开，含有余不尽之意，以景结情最好。"

——摘自《诗魂情语》

诗才是很重要的。并非有了真性情、真感悟就一定能够写出好诗，还须具有才学、才气、才力。

——摘自《诗魂情语》

词贵有书卷气，胸无文墨，为词难以高妙、古雅；但词又要清空、俊逸，堆砌知识以炫耀渊博，则绝难成为佳作。

——摘自《荒堂全调词笺》

作品是作者的"孩子"，里面连带着血肉，映射着灵魂，展现着作者的心灵轨迹，一应内在蕴含，均可从作品中一览无余。

——摘自《云锦天机妙手裁》

艺术是人的精神的外射，是作家艺术家自我意识不断觉醒的产物。

——摘自《〈卷施〉序》

任何时候，深度，深刻，都是判断文学艺术质量的一个重要标准。

——摘自《原来姹紫嫣红开遍》

散文是作家人格的投影，心灵的展示。

——摘自《豪华刊落现真淳》

文学性向来都是以独特性来显现的。

——摘自《豪华刊落现真淳》

有事有情，有趣味，有文采，于叹往歌今之中，透着自发的欢腾与快活，使读者也跟着欣然色喜。

——摘自《〈五月槐〉序》

追求深度是文学走向更大精神空间的有效途径。

——摘自《〈五月槐〉序》

文艺本身也可以说是一种历史,是一个民族的精神追寻史。

——摘自《史海遥灯》

文学家是凭借内心世界深深介入种种冲突,从而激起无限波澜来打发日子、寻觅理性、诠释人生的。

——摘自《史海遥灯》

诗人必须比历史家走得更远些。

——摘自《〈说帝王〉序》

作为一个散文作家,我不想让作品呈直线、平面、单维状态。

——摘自《〈龙墩上的悖论〉题记》

文学是作家表达自己思想观念的方式,它的作用是"用艺术家体验的感情感染人"。

——摘自《〈散文创作谈〉序》

文学作品应该创造出不同于现实世界的艺术世界。

——摘自《〈秋水集〉序》

人既是社会文化的创造者,也是社会文化的制成品。

——摘自《〈纸上的年轮〉序》

散文是作者生命的一部分,人格的一部分,信念的一部分,生活经验、生命体验的一部分。

——摘自《散文是作者生命的一部分》

作品的价值，涵盖了认知和审美的双重作用。

——摘自《千秋灵鹤》

鸟，在中国古典诗文中，经常被作为一种精神、一种意志、一种理念的象征。

——摘自《〈我爱这土地〉赏析》

哲学永远作用于人的精神世界，一个人需要哲学的程度，取决于他对精神生活看重的程度。

——摘自《漫谈人生不同阶段的读书学习》

就艺术创作规律而言，诗文与画艺存在着相符互通之处。它们都处在一个纷纭万变、色彩斑斓的有形世界之中，可说是同源共生，若合一契。

——摘自《意足不求颜色似》

文学作品尤其是散文，是以审美语言建构起来的意义世界。

——摘自《言以文远》

文学语言由于是象征的语言，它的功能不是要证明什么，也不是直接叙述，而是要通过情感上的感染，给人以审美的愉悦，它要造成一种意象，一种意境，使人能从中感受到、体验到，从而获得美的享受。它不是知识和理性的堆砌，而是情感的氤氲、意象的生发。

——摘自《言以文远》

文学作品应该是个性化的、匠心独运的，诗文的生命力在于独创性。

——摘自《言以文远》

作家、诗人通过形象的选择、提炼与重新组合来表现自己的内心世界。它是主观意念与外界物象猝然撞击的产物。它往往表现为一种瞬间出现的情结。

——摘自《言以文远》

文学从来就是一种历史，是一个民族的精神追寻史。

——摘自《千古兴亡百年　悲笑一时登览》

文学语言往往是象征性的。它的功能不是要证明什么，也不是直接叙述，而是要通过情怀上的感染，给人以审美的愉悦。这种情感的氤氲、意象的生发，需要营造一种意象，一种意境，使人能够从中感受到、体验到，从而获得美的享受。

——摘自《借鉴遗产　融合新机》

好的文化散文应该将自己富于个性、富于新的发现的感知贯注到作品中去，也就是说，将语言文字用心灵的感悟、用思想装备起来。散文是需要思想的。

——摘自《一年谈话今宵多〈散文激活历史〉》

诗本身就是为填补实有世界的空缺而存在的，以之写桃源、写幻梦，自然更是寄意于愿望的达成。

——摘自《泸沽湖寻梦》

诗有灵犀，是指它生发于诗人的当下感兴，既不脱离具体的审美意象，又能寄寓某种哲学内涵，阐发社会、自然、人生以及心灵境域最基本的具有普遍意义的道理。这种道理或曰理趣，并不表现为一般的知识性判断，而是诗人含道应物，迁想妙得，独特的心灵感悟、切身感受与审美体验的产物。

——摘自《诗有灵犀》

文学这种东西极富魅力，一经染指，往往终身难于废弃，有时魂梦相随，纠缠如藤萝绕树，狐媚附身。

——摘自《华发回头认本根》

我写作历史文化散文，是进行文学创作，"文学是人学"，这就要透过事件、现象，致力于人物特别是心灵的剖析，拓展精神世界的多种可能性空间，发掘出个性、人格、命运抉择、人生价值等深层次的蕴含，并且鲜明地亮出作家的史识与见解，进而承担起人性烛照、灵魂滋养的责任。

——摘自《辽海春深〈书缘〉》

一为诗人之妻，便只有挨累受苦的份儿了，这是不幸；但是，如果嫁给一个真情灼灼、爱意缠绵的诗人，生前，诗酒唱和、温文尔雅；死后，丈夫还会留下许多感人至深、千古传颂的悼亡诗词——这也是不幸中之大幸吧。

——摘自《诗人的妻子》

散文作品，如果缺乏情感的灌注，缺乏良好的艺术感觉，极易流于幽渺、艰深、晦涩的玄谈，以致丧失应有的诗性魅力和艺术感染力。

——摘自《一年谈话今宵多〈渴望超越〉》

作家写历史人物，不在于带着读者重温历史事件，说出一些更背景化的真实，而在于站在一个较高的视界上，引领读者思考当下，认识自我，提升精神境界。

——摘自《辽海春深〈书缘〉》

就本质来说，生命体验有两个特征，一个是直观性，艺术在进行形而上的探索时，不可能借助抽象的概念，而是一种直觉的感悟；一个是超越性，生存苦难、精神困惑等体验活动要转化为艺术感觉，还须超出客观实在的局限，虚构出一个灵性的艺术世界。

——摘自《一年谈话今宵多〈渴望超越〉》

作家获取成功大体有两种情况：一种是一飞冲天，暴得高名，以后再很少突破，呈静态式发展；另一种是螺旋式攀升，精进不已，始终处于动态之中，呈现一种飞扬之势。比较起来，我更喜欢后一种。

——摘自《一年谈话今宵多〈渴望超越〉》

搞文学创作是个苦差事，可说是惨淡经营，殚精竭虑，有时甚至到了呕心沥血的地步。

——摘自《一年谈话今宵多〈历史文化散文的现实关怀〉》

作为一个思想者，诗人、作家，在欣赏自然风物、人文景观的同时，也是在从中寻找、发现和寄寓着自己。

——摘自《一年谈话今宵多〈散文激活历史〉》

在作家的笔下，向来都应该是思想大于史料的。伟大的作家之所以伟大，除了他们具有深刻的历史洞察力之外，还在于他们的有力的批判意识，体现在他们所固有的对于陈腐偏见的不妥协精神上。

——摘自《一年谈话今宵多〈散文激活历史〉》

在我写的历史文化散文中，无一不涉及历史人物。通过评价历史人物，既能更深刻、更准确地揭示历史发展的客观规律，又能使我们从中总结和吸取有益的经验教训，从而提高认识问题、分析问题的能力。

——摘自《一年谈话今宵多〈散文激活历史〉》

创新思维与想象力的生成，不仅依赖于个人的天赋、才情，而且有赖于家庭、学校以至整个民族的文化素质这个背景。

——摘自《一年谈话今宵多〈创新思维与想象力的呼唤〉》

智慧是哲学的生活化、实际化。因此可以说，智慧是应用于实际的哲学，往往表现为一种判断、决策与战略抉择。它并不是小聪明，也不是一般的谋略，而是一种大智慧。

——摘自《一年谈话今宵多〈增强领导干部的人文修养〉》

选取一种适合行进节律、很少前置词的短促、流畅的语态，创辟别开生面的语言世界。

——摘自《只缘胸次有江湖》

叙事中交替运用讲述与描写两种语态，实际上，是在转换全知视角与有限视角。

——摘自《只缘胸次有江湖》

掌握了哲学思维这把钥匙，以哲学思考引领数术研究，通过分析、解读古代那些哲学家的思维轨迹、治学经历、研索课题、学术话语，就有望进入数与数术这座迷宫的"文化后院"，找到破解其奥秘的门径。

——摘自《古木无人径　深山何处钟》

依我理解，所谓文体意识，是指作家、读者在创作与欣赏过程中，在长期的文化熏陶中形成的对于不同文体模式的一种自觉理解、独特感受和熟练的心理把握。

——摘自《黄裳先生与学者散文》

正由于这类散文的文化蕴意主要以历史事件和人物行藏为载体，所以也有称之为历史文化散文的，似也言之成理。

——摘自《黄裳先生与学者散文》

期待着通过写作与阅读，增长智慧，解悟人生，饱享超越性感悟的乐趣。我们这次活动，正好顺应了文坛上的这种时代潮流和社会的审美。

——摘自《黄裳先生与学者散文》

文化散文固然有别于学术著作，但它同样需要作家具有深湛的学养和科学、严肃的态度。常见报刊上有些作品整体上还好，只是个别地方出现一些失误，尽管不过是"白圭之玷"，但也难免遭到一些非议。

——摘自《思想者的澎湃心声》

理性与诗性相统一的独创精神，所发掘的思想深度，所提炼的经验普适性，在诗歌界，对于当前以至今后确是树起了一座高标。

——摘自《我读〈无核之云〉》

在铺陈史实的基础上，张开想象与联想的翅膀，充分调动文学的各种艺术手段，诸如环境的描绘、气氛的渲染、心理的刻画等，把压扁在书册中的史实化作生动的可感可悟的场景、形象；在展开叙述时，采用他惯用的时空互换、自由穿梭、纵横交错的方式，以避免平铺直叙地罗列史实。

——摘自《思想者的澎湃心声》

采取双线并进、交相映衬的手法。一条线记述了画家技艺上发展进步的历程；另一条线反映了他的思想境界、精神风貌、胸襟怀抱、价值取向，二者交融互渗，相辅相成，齐头并进。

——摘自《史笔从容写画师》

散文是一种表现的艺术，应该表露充满个性色彩的人格风范，主体视角、主观色彩一定要十分鲜明。

——摘自《思想者的澎湃心声》

人的创造力是无限的。其感召力和鼓舞作用之大，不容低估。毫无疑问，它会使那些壮心不已、豪情尚炽的颇有一大把子年纪的人，见猎心喜，热血沸腾，从而激扬奋进，重贾余勇。

——摘自《"波澜独老成"》

从前，孟老夫子讲"颂（诵）其诗，读其书，知其人"；后来强调文本研究；现在，接受美学更看重读者的理解。我把三者结合起来，说说我对诗人兼艺术家牟心海同志和他的诗的理解。

——摘自《谈牟心海和他的诗》

我特别喜欢写个性鲜明、境遇复杂、矛盾丛生、充满谜团、争议很大的历史人物，因为这类人物富有可言说性，所谓大有文章可作，作家可以大显身手。破解谜团的过程，就是检验作者识见水平、思想高度、历史眼光的过程，也是发挥作者分析能力、施展文学才力的过程。

——摘自《与青年评论家林喦的文学对话》

我在散文创作中，追求诗、思、史的交融互汇。我以为，散文本身应该体现一种诗性。传统的中国知识分子常常向往一种诗意人生境界，对他们来说，日常生活具有一种诗性象征，是人的精神自由舒卷、翕张之地。

——摘自《一位散文作家的历史情怀》

读书，严格地讲，是纯个人化活动。表面上看，从前的读书士子，高阁临风展卷，雪夜闭门读书，还有什么"红袖添香"，诗酒风流，充满了闲情雅兴；实际上，读书是一种不折不扣的劳形累心的苦差事。

——摘自《关于庄子的答问》

我认为，好的散文应该带着强烈的感情，带着心灵的颤响，呼应着一种苍凉旷远的旋律，从更广阔的背景上打通抵达人性深处的路径。应该充满着对人的命运、人性弱点和人类处境的悲悯与关怀。应该将自己富于个性、富于新的发现的感知贯注到作品中去，也就是说，将语言文字用心灵感悟、用思想装备起来。

——摘自《答〈辽西文学〉》

记者问当然，也还可以从文化传统方面查找根源。作为一种历史积淀，文化传统总是在整体上，当然也包括每个具体的人，时隐时现地产生着巨大的影响力。

——摘自《"一蓑烟雨任平生"》

如今，什么都惯于"戏说"，弄得真假难辨，雾罩云遮，结果谬种流传，以讹传讹，致使人们根本不了解事物的本来面目，实在是误人匪浅。

——摘自《关于"击缶而歌"的答问》

所谓文化符号，我理解，它是在一种认知体系中，能够代表文化资源的一定意义的意象，可以是一处人文景观、一种建筑造型、一种文化品类、一个著名人物、一种文化思想等。

——摘自《就"城市文化符号"答记者问》

地坛确已成为史氏生命的组成部分，可说是注入了全部情感和意蕴；但其他人则未必受得住那份苍凉与落寞。

——摘自《辽海春深〈家山〉》

创作切忌雷同，艺术的生命力在于不断创新。如果千头一面，那么天地间又何贵乎有我这个人；如果千篇一律，那么，文坛上又何贵乎有我这些文字！

一个作家最大的前进障碍，正是他自己营造的樊篱。他必须时时努力，跳出自己现成的窠臼。

——摘自《人过中年》

闲适是一种心境，这种心境的产生有赖于充实与满足。无所事事的结果是身闲而心不适。情有所寄，才能顺心适意。读书、创作，本身就是一种寄托，实际上也是一种转化，化尘劳俗务为兴趣盎然的创造性劳动，化喧嚣为宁静，化空虚为充实，化烦恼为菩提。

——摘自《人过中年》

读书是交友的延伸。交友受共时性限制，必须是同时代人才有交往的可能，而从书卷中则可以广交异代与异地的朋友，能够神游域外，上下千年，不受时空限制。

——摘自《节假光阴诗卷里》

通过散文创作，我把飞扬的思绪、开启的心智，连同思索与领悟、迷茫与困惑，以艺术形式表现出来；在艰苦的劳作中寻求着思想的重量，同时将身心里的情境展开，以探求与读者交流、沟通的心灵渠道。

——摘自《岁短心长》

解读诗人，有读诗和读人两层内涵。读的途径也有两条：一条是因人而及诗，比如曹操，我就是先知道这个历史大名人，而后才找来他的"东临碣石，以观沧海"的；另一条路径，是由诗再到人，应该说，这类情况比较多。

——摘自《深于情者》

从一定意义上说，哲学不是知识学，而是问题学；哲学家的贡献不在于他解决了多少实际事，而在于他提出了多少富有前瞻性、开创性的问题。问题是哲学的发展动力，问题开启了思维探索之门。

——摘自《精思博览会古通今》

不一定要求作家创造什么东西来表现思想、感情和精神，而在于通过观察与感悟，把那些深藏于内外两界的思想、情感和精神挖掘出来。这正是文学发轫的起点。

——摘自《豪华刊落现真淳》

在人类文明发展进程中，任何宏图伟业若要获得成功，一般都要在主体与时、空三个轴线的黄金交会点上遇合，即所谓"以有为之人，据有为之地，逢有为之时"。

——摘自《有为者亦若是》

一旦发觉自己闯不出固有的藩篱，亦即再端不出新鲜的货色，丧失了创造能力，那就赶紧搁笔，再不要枉抛心力，误人兼误己。

——摘自《〈王充闾散文精品集〉序》

他在刻意捕捉生活中的诗情的同时，不放弃对现实生活进行理性的探索和思考，把传主放在社会历史、民族文化背景上，从历史文化哲学的高度，深刻剖析社会生活现象，从中挖掘出一些规律性的认识。

——摘自《〈烹饪大师〉再版序言》

紧紧地跟踪时代，力图切实把握社会发展的脉搏，踏准时代前进的鼓点，注重在时代进步的伟大实践中汲取创作灵泉，乐于也长于反映人民群众创造历史的壮丽图景。

——摘自《〈崔克俭集〉序言》

如果还像过去那样，要求每一个官员都必须写得一手好字，都能背诵多少篇诗古文辞，准确地掌握诗词格律，不仅做不到，而且也确实没有必要。但这样说，也并不等于赞同，作为一名领导干部，可以对祖国的优秀文化遗产一无所知，茫然不晓。因为无论从工作需要还是从个人素质提高来讲，这方面的素养都是必不可少的。

——摘自《〈崔克俭集〉序言》

古代的征夫思妇、引车卖浆者之流尚有诗文传世，何况今天的领导干部许多都有高等院校的学历，已经知识化、专业化了。既然更加具备写作条件，为什么反而不能摆弄文字呢？

——摘自《〈崔克俭集〉序言》

实际上，每个人都是一个丰富而独特的自我存在。文学创作，说到底是一种生命的访问、灵魂的对接，因此，要从人性的角度深入发掘，付诸深刻的心灵体验与生命体验，而不能满足于一般的史实陈述。

——摘自《〈皇王百趣图〉序》

运用哲学思维和辩证方法，对人物的个性、命运、生存价值、情感世界以及人性弱点等进行深度剖析；也更加关注个体心灵世界，力求从更深层面上把握具体的人生形态，揭橥心理结构的复杂性。

——摘自《〈皇王百趣图〉序》

诗词是以格律化的语言熔铸情感、营造意象，表现作者对社会、人生、自我的独特感悟和心灵体验，因而，被称为最精美的文学形式和语言艺术。

——摘自《哦诗如对素心人》

赋体是最具中国特色的文体之一。骈白妃黄，摛文铺采，使事用典，配韵调声，表现出对艺术形式美的多方面追求。对偶带来视觉美，叶韵带来听觉美，用典带来含蓄之美，藻饰带来和谐之美。

——摘自《古调洵堪爱今人妙手弹》

古人讲究诗的意象与意境，高明的诗人总是在摄取物象之后，紧接着就将一个个物象升华为意象，即把自己的意蕴、感情、理趣渗透到物象中去。实际上诗人在选取物象的过程中，已经用自己的审美标准淘洗了物象，产生了自己的意趣。所谓意境，也就是说诗人在兴发感应的基础上，移情入景，化景为情，然后创造出一个令人悠然神往的境界。

——摘自《诗魂情语》

特别是在当前的形势下，面对经济全球化和由此而形成的全球化语境，加上西方现代主义思潮的影响，人们的主体意识、探索意识、批判意识、超越意识大大增强，审美趣味发生变化，导致观念趋向多样与宽容，各种文学话语、理论话语纷乱喧哗。随之而来，学人、作家、读者的审美意识也发生了重大变化，由注重外部世界的描绘，转为对自身情感、心灵世界的深层开掘,对人的生存状态的深切关注,对现实世界和国民心理的深刻剖析;扬弃那种平面的、线型的、说明性的意义传达,致力于深刻的人生思考、深层的哲学内涵,从而实现了研究主体与接受主体的精神对接,构成了今日思想随笔繁荣兴盛的基础。

——摘自《精思博览会古通今》

这里所说的深度追求,指的是溶解在作品中的思想元素、哲理意蕴,是一种靠着理论素养的滋润、生命体验的支撑的人生智慧、理性情感和思辨精神,是立足于现实土壤而呈现出的对于人生价值和生活哲理的探索。

——摘自《精思博览会古通今》

新思想、新认识,是学术随笔的灵魂。著书立说,必须力求做到对学术有新的探索,对学理有新的阐释,对问题有新的见解。

——摘自《精思博览会古通今》

《庄子·秋水》篇率先提出这个问题,列出了"以道观之""以物观之""以俗观之""以差观之""以功观之""以趣观之"六种选择的视角。哲学研索本身就是一种视角的选择,视角不同,阐释出来的道理就完全不同。

——摘自《精思博览会古通今》

理论始于问题,问题是思维的起点,因此,我们提倡要有"问题意识"。如果写作者头脑中没有挂着问题,只是堆积一些名词、概念,那么,写出来的东西必然空泛、呆板、索然无味。

——摘自《精思博览会古通今》

古人认为,填词须讲究章法、句法、字法。精于章法,则浑然天成,且能富有变化；句法讲究精练、洒脱；字法超妙者，则新颖、自然。

——摘自《荒堂全调词笺》

词人离不开"日积之功"，学填词者，无不先是大量读词、记词，或印证于师友，或默识于古人，入乎其中而涵泳玩索，时日既久，相浃而俱化，心领而神会，自然胸次渐开，为词亦丰神谐畅矣。

——摘自《荒堂全调词笺》

拓开一个浩大的审美天地，做出创造性的阐释，赋予古代美学以崭新的价值观照。

——摘自《以圆览之力收会通之功》

诗的意蕴与理趣，或指事物的规律，或指人生的况味、人生的境界，总之，是要穿透现象揭示社会、人生百态的本相。

——摘自《云锦天机妙手裁》

诗学讲究才气，更看重积蓄，一如刀刃贵薄，而刀背贵厚。

——摘自《云锦天机妙手裁》

我们不能假"创新"之名，以"任情适意"为借口，而置固有格律于不顾，随意书写，以致降低作为高层次文化结晶的诗词形式所固有的文化素质。

——摘自《云锦天机妙手裁》

古人说，五七律最争起处，贵用料峭之笔，洒然而来，突然涌出。

——摘自《云锦天机妙手裁》

"天人合一"的自然美学观，追求一种物我交融、情景交融、主观生命情调与客观自然景象交融互渗的艺术境界，使中国艺术中书画同源、诗书一律，成为一种规律性现象。

——摘自《云锦天机妙手裁》

以创作主体的深切体验为叙述轴心，让生命的灵性灌注于思维客体，使情思汇聚于所感悟、所剖断的审美对象，努力形成情感与智性的涡旋，这是实现创作深度追求的有效途径。

——摘自《学林一帜阵图开》

没有艺术感觉，自然写不出好东西来；但是，若只是停留在感觉上，而缺乏深刻的哲学感悟，也会流于肤浅。我们应该做到的，是要能够超越情感与激情，抵达一种智性与深邃，体现逻辑思维与情感表述的统一，用感受表达思想，用理论提升感觉。

——摘自《〈人间话本〉再版序言》

应该理寓事中、理寓情中，在似乎抽象的分析和演绎中，激活读者为习惯所钝化了的认知与感受，把形而上的哲思文学化，以艺术的语言、独特的感悟咀嚼社会人生，思考生命超越的可能。这种哲思、感悟，是溶解在作品当中的思想元素，是靠着生命激情的滋润、思想力度的支撑的一种人生智慧，是植根于现实土壤而展现的对于人生价值和生活哲理的探索，是一种人生觉悟，一种广阔的胸怀和远大的眼光。

——摘自《〈人间话本〉再版序言》

散文是作家生命、人格、信念的组成部分，是作者心灵的外化。

——摘自《〈卷施〉序》

从思想主旨到字里行间，应该让人感受到作者是在以全部的灵性和感受力去烛照人生，触摸现实，探索文化，追寻美境，进而产生耐人寻味、新颖独到的洞见。应该从作者的自身体验出发，去见证美和丑的生成，揭示出令人感发兴起、令人唏嘘扼腕的人生况味。

——摘自《〈卷施〉序》

艺术表现的是人类的情感本质，这种情感本质，必然是人类深层意识的外射，是个体生命对客观世界的深刻领会与感悟。

——摘自《〈卷施〉序》

优秀的文学作品，应该深深植根于文化传统，同时又具有深刻的当代性；既坚持精神价值，存在不为时尚所摇动的定力，又能与时俱进，具备精神观念与艺术理念的现代性乃至前卫性。常常是所用素材是传统的，而其言说语境、言说方式是现代的，经过作者现代思维的过滤，学理分析的提升，就具备特殊的魅力。

——摘自《〈卷施〉序》

前后绵延一千余年，大批集诗人、书家、画家于一身的艺术全才，即所谓"三绝"型艺术家，联翩、接踵而出，如群星灿烂，光耀神州，丰富和凸显了中国文化的圆通和融的传统艺术精神，共同书写出一部异彩纷呈的皇皇艺术史册。

——摘自《〈中国诗书画三绝〉序言》

新时期文学所走过的历程，实际上是一个不断向文学本体回归的过程，因而也是一个在文学创作中探索与呼唤人文精神、表现内在人性，并将它不断引向深化和多样化的过程。

——摘自《原来姹紫嫣红开遍》

它是渗透于形象、情感之中的生命智慧，着眼点在于运用艺术手段点燃、引导与满足人们探索未知的欲求。读者可以凭借自身审美的内驱力，进入一种超越的悟境，获得思考的愉悦。

——摘自《原来姹紫嫣红开遍》

我们所处的时代是对思想、对创新充满渴望的时代，人们的主体意识、探索意识、批判意识、超越意识已经大大增强，可是，哲学蕴含的稀薄，动人心魄的思想刺激的缺乏，恰恰是当前文学创作普遍存在的一个薄弱环节。

——摘自《史海遥灯》

这种情感本质，必然是人类深层意识的外射，是个体生命对客观世界的深刻领会与感悟。也就是说，作者要通过自身的灵性和感受力，通过哲学思维的过滤与反思，去烛照历史，触摸现实，探索文化，追寻美境。

——摘自《史海遥灯》

在历史文化散文创作中，存在一个如何以开放的视角、现代的语境，做到笔涉往昔，意在当今，亦即所谓现实关怀、现实期待问题。

——摘自《史海遥灯》

溶解在作品中的，就是一种靠着生命激情的滋润、生命体验的支撑的人生感悟，是立足于现实土壤而呈现出的对于人生价值和生存意义的探求，是一种艺术的开掘与提炼。

——摘自《史海遥灯》

应该强化心灵的自觉和精神的敏感度，提高对叙述对象的穿透能力、感悟能力、反诘能力，力求将富于个性、富于新的发现的感知贯注到作品中去；感情应该更浓烈一些，要带着心灵的颤响，呼应着一种苍凉旷远的旋律，从更广阔的背景打通抵达人性深处的路径；要从密集的史实丛林中抽身而出，善于碰撞思想的火花，让知识变成生命的一部分；进一步增强可读性，突破散文的"华严世界"，努力使自己的思考融入大众的接受心理，使读者易于产生情感的共鸣。

——摘自《这里就是罗陀斯》

　　从我自身的创作实践中体会到，散文中如能结合作家的人生感悟，投射进史家穿透力很强的冷峻眼光，实现对意味世界的深入探究、对现实生活的独特理解，寻求一种面向社会、面向人生的意蕴深度，往往能把读者带进悠悠不尽的历史时空，使思维的张力延伸到文本之外，从较深层面上增强对现实风物和自然景观的鉴赏力与审美感。

——摘自《〈过眼滔滔〉序》

　　文学创作不能停留在事实的层面上，它要向心灵深处进逼，要拓展精神世界的多种可能性空间；它不仅要有形象，还要写出象外之象、味外之旨、韵外之致。一句话，它要探求内在精神的奥秘。

——摘自《我为什么要写张学良》

　　我们不能认同这种"进化论"的美学观念；我们反对直线性的层层淘汰的所谓发展，而是提倡多维度的变化，即在不同维度上进行各自不同的创新。

——摘自《〈卷施〉序》

　　文学从政治理性的旋涡中，从僵硬的标签化、概念化的躯壳中挣脱出来，坚守它的审美特性，表现出作家的富有个性特征的真性情、真情感和心灵体验。

——摘自《原来姹紫嫣红开遍》

文学性是以独特性显现其自身优势的。散文写作是一种极富个性和内向特征的创造性劳动，是一个作家表现与塑造自我形象的特殊形式，是作家人格精神的外露。散文创作的深度追求，是同个性化的写作紧密联系着的。缺乏个性化的支撑，势必导致思想的平庸化和话语的共性化。在创作中，作为一种极富活力的人文精神，个性化可以抵制烦琐、无聊、浅层次的欲望化和心灵的萎缩现象，而表现出对人类命运的终极关怀，对审美意蕴的深度探求，使心灵情感的开掘达到一个很深的层面。

——摘自《原来姹紫嫣红开遍》

当前，从文学审美形态的发展来说，理性的缺席、诗意的失落是一个突出问题。哲学含蕴的稀薄，缺乏动人心魄的思想刺激，已成为文学创作普遍存在的一个弱点。

——摘自《原来姹紫嫣红开遍》

文学创作说到底，是生命的转换、灵魂的对接、精神的契合。

——摘自《秋水集序》

文学史与传播学反复证明，传播形式往往直接关系到传播的效果。

——摘自《以文学形式传英雄不朽》

应该承认，每个人都是一个潜在意识的世界，都是一个极为丰富的独特的自我存在。

——摘自《原来姹紫嫣红开遍》

文学要想实现超越，必须在充分展示其社会性的同时，注重对于人性这个富矿进行深入的开掘，细腻表现人的情感世界，注重人的心灵体验，力求从心理层次上更深地把握具体的人生形态，尽可能地揭示出人生形态的丰富性和深层心理结构的复杂性,从而使文学更加具备"人学"的特征。

——摘自《原来姹紫嫣红开遍》

生命或精神所创造出来的世界,就是精神世界,而构成精神世界的基本细胞乃是体验。要进入生命世界或精神世界,体验乃不二法门。体验是一种真实的感受,是一种精神的投入,是"我"与对象之间同感共鸣的活动。

——摘自《学林一帜阵图开》

字里行间都承载着作者的寄托,闪现着灵魂的跃动,凸显出惨淡经营的心痕意缕——作家在以独特的视角、切身的感悟,寻求一种面向社会、面向人生的意蕴深度,以期把读者带进悠悠不尽的阅读时空,使思维的张力延伸到文本之外,从较深层面上实现对意味世界的探究,对社会人生和自然风物的审美与鉴赏。

——摘自《〈秋水集〉序》

看来,在人生内外两界的萍踪浪迹中,在现实的床笫上,文史是可以和谐地结合在一起,从而激起无限波澜来破解理性、抵达生命本原。

——摘自《〈秋水集〉序》

通过文史联姻,文学的青春笑靥为冷峻、庄严的历史老人带来了生机与美感、想象力与激情;而阅尽沧桑的史眼,又使文学倩女获取了晨钟暮鼓般的启示,在美学价值之上平添一种沧桑感,体现出哲学意境、文化积累和巨大的心灵撞击力,引发人们通过凝重而略带几许苍凉的反思与叩问,加深对社会、人生的认识和理解。

——摘自《〈秋水集〉序》

任何情况下,"难得糊涂",冷漠、麻木的精神状态,面对人间一切是非曲直，都闭目合十，置之度外的超然心理，对一位杂文作家来说，都是致命的痼疾。

——摘自《〈人间话本〉再版序言》

时弊是杂文存在的社会土壤。

——摘自《〈人间话本〉再版序言》

杂文作家必须既有饱满的热情，又具备"虽千万人吾往矣"的足够勇气。

——摘自《〈人间话本〉再版序言》

杂文不仅是时代的镜子，社会的影像，而且鲜明地映现出作者的思想、情感、精神风貌，它是一种有别于他人的个性化的话语表达，也是作者学养、识见、认知路径的集中外化。所谓"文如其人"，在杂文这种文体中，体现得尤其充分。而识见与学养，总是直接关系到理性之美，思想力度的——这是杂文的生命所在。无论是反思历史，省视自身存在，还是针砭现实，力矫时弊，都需要有思想的锋芒、智慧的灵光。

——摘自《〈人间话本〉再版序言》

从中华民族传统思维方式来考察，我们就会发现，自古以来，就十分看重事物间的联系，强调整体观照，综合把握，追求宇宙间、人世间、艺术天地间的贯通融会的自然美学精神，体现的是天地人为一体的思想，是人的生命价值与天地自然生生不息价值的统一，是人的真善美情怀与天地、自然厚德载物的统一。

——摘自《〈中国诗书画三绝〉序言》

人类理性的高贵品格就在于它的永不止息的创造性与开发性。艺术的深度存活于创造之中。从一定意义上说，人的本质性的追求便是在创造过程中探求人生的奥旨。

——摘自《原来姹紫嫣红开遍》

我们所处的时代是对思想、对创新充满渴望的时代。

——摘自《原来姹紫嫣红开遍》

要保持一个超拔、自在的心态，前提是能够从世俗功利、名位欲望中超拔出来，保持心灵自由，不为形役，不为物役，进而能为心灵找到一个安顿的处所，使心灵有所寄托，实现人生的艺术化。

——摘自《原来姹紫嫣红开遍》

许多作者率尔操觚，缺乏应有的社会责任感和对文学的敬畏之心。

——摘自《〈秋水集〉序》

放歌新时代，拥抱新生活，表现诗人对国家民族前途、命运的热切关注，抒写其献身人民事业的壮志豪情，展示出现实主义辐射下的深层次的情绪集结。

——摘自《犹有豪情似壮时》

民间传统文化具有原生态性、一次性、民族性和地方性。它是一方水土的独特产物，它的某一独特文化形态，通常只存在于某一独特地域和人群当中。这些特色决定了民间传统文化是一种处于相对弱势的、稀缺的、不可再生的文化形态，由此，也就决定了对它加以彰显、传承、保护的必要性。

——摘自《序〈沈水微澜〉》

就一定意义来说，浏览自然风光，赏鉴历史文物，实际上也是在观书读史，在感受沧桑、把握苍凉的过程中，体味古往今来无数哲人智者留在这里的神思遐想，透过"人文化"的现实风景去解读那灼热的人格、鲜活的情事。这样，即使是初来乍到，也都如游旧地，如晤故人，仿佛踏进了乡关故土，返回了精神家园。

——摘自《诗思氲氲走游中》

重整破碎的自然和重建衰败的人文精神二者是一致的。

——摘自《〈和风细雨集〉序》

理，是决定事物发生和发展变化的内在规律；事，是事物的客观存在；情，是表现事物特征的生动状貌及无穷情趣。理、事、情，构成一切事物现象与本质、形式与内容、个性与共性的统一。

——摘自《〈五月槐〉序》

作为自然、社会、历史、哲学综合产物的思想者，显然，这种昔梦追怀，也蕴含着寻根、困惑、探讨精神归宿等普世话题，冀求拨开价值的附着物，而探究生命的本质。

——摘自《英文版〈乡梦〉序》

而创新则是一次次的精神冒险，是已有平衡的破坏，是对自己精神来路上的种种缺憾和不足的正视与反思，实质上是心灵境界的不断跃升，是对创作乃至人生的局限的艰难超越。

——摘自《镜里存真》

文学创作说到底，是生命的转换，灵魂的对接，精神的契合。

——摘自《璀璨其文磊落其人》

若要自己的创作有深邃的蕴意，而且充满生命活力，作家就应该具备深切的生命体验和心灵体验。

——摘自《璀璨其文磊落其人》

所谓与时间抗争，就是努力寻求一种有效的生命存在方式，争取在世上留下痕迹，以免在时间的洪流中湮没无闻，也就是要将短暂的一生附丽于永恒流动的时间。

——摘自《璀璨其文磊落其人》

任谁都得承认，事功再大，即使它震撼了人间，也都是暂时的。王朝更迭，血战征伐，无论是得益者还是受害者，只能在岁序迁流中占据一瞬；而文化创造的成果则生命长青，留存广远，以至于永恒。

——摘自《璀璨其文磊落其人》

"哲思"在这里体现为一种深度追求。历史是通过发现而存在的。通过展现这些人物不同的生命意识、生存方式以及在特定的生存环境中获得的生存状态、生命体验，达到对人性、人生、社会、历史的深度思考。

——摘自《〈风景旧曾谙〉序》

统观中外古今，一切卓然有成的大家，无不具有鲜明的"工程意识"。

——摘自《〈风景旧曾谙〉序》

这种工程性写作的完成，决定于多种因素。首先，作家的特殊经历，他的文化视野、生活经验、命运抉择等，为其构建工程性作品提供了必要的条件；其次，作家成型的价值取向、审美趣味、叙事方略、结构艺术，为其集中而系统的创作构想奠定了基础；其三，成熟作家的作品，在表现手法、艺术风格特别是驾驭语言方面，都是独具特色的。

——摘自《〈风景旧曾谙〉序》

　　生活方式与隶属于它的思想观念有着微妙、紧密的联系，认知了风俗习惯、生活细节、心理特征、个性类型对于社会历史研究的重要作用。

——摘自《〈风景旧曾谙〉序》

　　游动于字里行间的炽烈情怀，伴和着即时的心灵轨迹，构成纯然的生命写意。

——摘自《豪华刊落现真淳》

　　凭借生命活力任情适性地释放，从个人的经验起步，在观照富有诗意的日常生活的审美过程中，依照课堂上接受的和早已烂熟于心的大量中国古典诗词所提供的艺术创作规律，尝试着以这种特殊形式表现具有普遍意义的人生感悟。

——摘自《唯有豪情似壮时》

　　不断吸纳新的营养，注重观察客观事物，肯动脑筋思考问题，尽力以诗人的眼光来观照人生、审视自然，执着于生命本身的体悟和感受。

——摘自《序散文集〈山野菜〉》

　　人的本质性的追求便是在创造过程中探求人生的奥蕴。

——摘自《〈五月槐〉序》

　　渴望深刻，追求深度，不断探究其自身生存状态，属于人的本性范畴，是埋藏于灵魂底部的深层意识。

——摘自《〈五月槐〉序》

  现代人扬弃传统的思维方式，力图从整体上把握世界和人生的意向。而人类要从整体上把握社会、人生及自身命运，必然产生普遍性意蕴的哲理追求。

——摘自《〈五月槐〉序》

  他们还期待着通过阅读诗文，增长生命智慧，深入一步解悟人生、认识自我，饱享超越性感悟的快乐。

——摘自《〈五月槐〉序》

  在注视人生、人性，关怀人的命运方面，整个人文学科都是相通的：哲学思索命运，历史揭示命运，文学表达命运——无往而非人。人是目的，人是核心。

——摘自《序〈鲜花照亮了我的房间〉》

  这种深度意蕴，应该是溶解在作品中的精神元素，是一种靠着生命激情的滋润、生命体验的支撑的理性情感和形象昭示，是立足于现实土壤的对于人生价值和生活哲理的探索，其中凝结着人生智慧和哲学理蕴。

——摘自《序〈鲜花照亮了我的房间〉》

  宛如白驹过隙，生命是匆促的。我们曾经拥有过，却没有办法留住它，以致眼睁睁地看着宝贵的岁月悠悠流逝。

——摘自《笔耕墨耘从我所好》

  童年、故乡、母爱，三位一体，既是生命途程的起点，也是人生事业的基点。

——摘自《〈童年的风景〉序》

由于人性纠葛、人生困境是古今相通的，因而能够跨越时空的限隔，给当代人以警示和启迪。而这种对人性、人生问题的思索，固然是植根于作者审美的趣味与偏好，实际上也是一种精神类型、人生道路、个性气质的现代性的判断与选择。

——摘自《〈秋灯史影〉序》

文学、历史都是人生，人生必有思索，必有感悟。缺乏深沉的历史感，就无所谓深刻，也无法撄攫人心。

——摘自《〈过眼滔滔〉序》

为文也好，为人也好，能否做到本色、天然，往往是衡量其是否臻于化境的一个标准，这是起码的要求，却又是甚高的。

——摘自《〈一生爱好是天然〉题记》

举凡有关人性的拷问、命运的思考、生存的焦虑以及生命的悲剧意义的探索，都必然会触及哲学的层面，碰到一系列不易把握的、没有逻辑的、充满玄机与隐秘的东西，即所谓历史的吊诡、人生的悖论。

——摘自《〈龙墩上的悖论〉题记》

照片这东西不过是生命的碎壳，纷纷岁月已经过去，瓜子仁一粒粒咽了下去，滋味各人自己知道，留给大家看的唯有那满地狼藉的黑白瓜子壳。

——摘自《〈淡写流年〉题记》

人们常常把道德、文章联系起来讲，实际上，这是一个殊难臻并的人生境界。学殖深厚的或许易得，才情横溢者也不难见到，难得的是于才、学之外还有一种光华四射、腾誉士林的人格力量。

——摘自《独托诗文展素心》

真正的艺术品，总是具有无限的可阐释性，展现出无比丰富的自在空间。

——摘自《荒堂全调词笺》

定力是人生成长过程中非常重要的一种根基，可惜许多人缺乏这种修养。鲁迅先生把它叫作自性，就是一个人有自己的一种独立不倚的品格。他总能坚守着一种信仰，坚持着一些宗旨，坚定着一种取向。

——摘自《荒堂全调词笺》

有一些作者只是向书本中讨生活，主体意识不强，或者说灵魂不在场。

——摘自《〈纸上的年轮〉序》

毋庸置疑，一个不知孝亲、反哺为何物，连父亲母亲都不爱的人，不可能设想，他会爱人民，爱社会，爱国家，爱人类！

——摘自《以泣血深情诠释母爱内涵》

作品是作者的孩子。

——摘自《〈秋水集〉序》

故乡是放大了的母亲的怀抱。

——摘自《〈山野菜〉序》

诗词从来就是痴情与劳苦的产物。

——摘自《诗思氤氲走游中》

大至人生底蕴、胸襟抱负，小到一己的情趣，均可一览无余。

——摘自《〈五月槐〉序》

文学是灵魂的曝光，内心的折射。

——摘自《史海遥灯》

母亲是人生的第一位也是终生的教师。

——摘自《〈话女性〉序》

真正的欢愉只在童年。

——摘自《英文版〈乡梦〉序》

诗文同体，创辟一方崭新的天地。散文从诗歌那里领受到智慧之光，较之一般文化随笔，在知识性判断之上，平添了哲思理趣，渗透进人生感悟，蕴含着警策的醒世恒言；而历代诗人的寓意于象，化哲思为引发兴会的形象符号，则表现为一种恰到好处的点拨，从而唤起诗性的精神觉醒；至于形象、想象、意象与比兴、移情、藻饰的应用，则有助于创造特殊的审美意境，拓展情趣盎然的艺术空间。

——摘自《〈诗外文章〉序》

会通古今，连接心物，着意于哲学底蕴与精神旨趣。

——摘自《〈诗外文章〉序》

人生对于美的追求与探索，往往是可望而不可即的；而人们正是在这一绵绵无尽的追索过程中，饱享着绵绵无尽的心灵愉悦与精神满足。

——摘自《伊人宛在水之湄》

世间同心知己本来就难以遇合，幸而得之，却又离居千里万里，以致终老忧思、失望，确是无可奈何达于极点。

——摘自《"跟风"现象的背后》

逸人得势，往往由于其擅长遮掩罪恶本质，而予人以忠诚、顺从的假象。如果只看其貌似忠厚、谦恭的外表，而忽略探求本质，就很容易上当受骗。

——摘自《谗人罔极》

《龟虽寿》在生老病死这些人生重大课题上，坚持顺应自然，不信天命，充满了朴素唯物主义思想和辩证观念；体现了中华优秀传统文化中"天行健，君子以自强不息"的奋发进取精神；强调了发挥主观能动性和秉持乐观向上的积极人生态度。

——摘自《英雄中的诗人》

状写诗人、文学家，应该富有鲜活生命的质感，"鸢飞鱼跃"、灵心迸发的天趣，"素以为绚兮"的隽美。

——摘自《此心自在悠然》

人才在尚未崭露头角之时，是最需要支持、鼓励、拔擢与帮助的，却常常无人注意；而当取得了某些成果，在社会上出了名，又会来个一百八十度的大转弯，采访、照相、编辞典、下聘书，包括一些庸俗的捧场和商业性的借光炫耀，弄得应接不暇，无法摆脱，产生了所谓的"名人之累"。

——摘自《自荐诗可以这样写》

爱才尤贵无名时。与其热衷于在人才荣显之后揄扬备至，优礼有加，干些"锦上添花"的事，何不"雪中送炭"，于幼芽掀石破土之际，伸出援手，多给一些实际的帮助呢？

——摘自《自荐诗可以这样写》

人们明明知道有合必有分，有聚必有散，明明知道离散后必然是无尽的痛苦与悲哀，明明知道最终的结局总是如此（"应相失"，体现了这种必然性），却还是不遗余力地去营造爱巢、结伴求偶、追求圆满。

——摘自《孤雁伤怀》

立身品格高洁的人，并不需要某种外在的凭借（例如权势地位、有力者的帮助），自能声名远播。

——摘自《诗言志》

咏物诗看似容易措手，实则要求很高。顾名思义，咏物必须言之有物，而且，要在形似的基础上力求神似，入于物内，出于物外，需要有寓意、有寄托，具有浓郁的象征性，力求予读者以思想的启迪。

——摘自《诗言志》

哲学思维固然是高度抽象化、理性化的，但这并不意味着哲学与生活无关，它所研讨的都是一些纯粹思辨的问题。其实，哲学的抽象性主要是它的论证方式，而其关注的问题，应该像马克思所指出的，面对生活，面对人民，通俗易懂；哲学必须由天国下到尘世，面对各种现实问题。

——摘自《同而不同》

木偶戏"以物象人"的表演特性，决定了木偶舞台上需要遮蔽操纵者，以突出木偶形象。这也恰是世间后台弄权者与前台傀儡的典型特征。

——摘自《戏看真人弄假人》

诗言志，诗情与意趣、志气、情怀同构。

——摘自《不是春光 胜似春光》

要使以孝敬父母为首要的感恩文化，在现实生活中发扬光大，生根开花，需要从四个方面着手落实：一是，孝亲必须从早做起，从现在做起。二是，母爱教育要从孩童抓起。三是，孝亲要从具体事做起。四是，孝亲要落实到社会实践中去，必须坚持法律与道德两手抓。

——摘自《慈母颂》

随着视角的变化，问题与结论便会出现差异。如果从哲学角度看，封建帝王与创业功臣，这是相互依存又相互对立的一对矛盾体。一方的存在，是以另一方为依托的。但是，随着形势的发展变化，比如由打天下转为坐天下，由军事斗争转为内政治理，由开疆拓土转为立储交班，这对矛盾也会发生结构性的变化。作为矛盾的主导方面，君主也随之而实施相应的对策。这样，课题内蕴也就由哲学转化为政治学了。

——摘自《"功臣政治"》

本诗直接对准人性的弱点，意在讽刺那些护短自欺、文过饰非、讳疾忌医的人。

——摘自《镜子上面有文章》

镜子是客观的。它的功能，就是忠实地反映事物的本来面貌，不以人的好恶、喜怒而有所曲顺或更改。所以，古人用镜子来比喻直谏的忠臣、谔谔的诤友，把它看作是自我认识、自我完善的有益工具。但是，大前提是必须具有自知之明。镜子是由人来使用的，如果人缺乏实事求是的精神，再明亮的镜子也难以发挥作用。

——摘自《镜子上面有文章》

从"境由心造"得到启发，我们可以引申到社会现实生活中去。如果能够以淡定从容的态度面对人生，远离物欲诱惑，淡泊名利，忘怀得失，谢绝繁华，回归简朴，那么，就可以进入"人淡如菊，心素如简"的境界，从而实现中外哲人所追求的"诗意地栖居"的愿望。

——摘自《境由心造》

通过个体的行人与积年的古树之间时序上的反差，感悟到并能以极简练的文字表达出其中深刻的哲理：时间永恒而人生易老，哀吾生之须臾，羡宇宙之无穷。

——摘自《见证时间》

诗人创作，往往不拘泥于具体史实，不过是借题说事，重在发挥一己的见解。

——摘自《泪洒孤坟》

诗也好，寓言也好，往往都是言有尽而意无尽，其蕴含可作多种解读。

——摘自《椎心泣血之问》

解决这类矛盾（指伯乐相马自身的局限性）的根本途径，是实现伯乐功能的社会化、制度化。就是说，一方面坚持选才、识才上的群众路线，使领导与群众结合起来，大家都来做伯乐，都做识别人才、开发智力资源的工作。历史是群众创造的。人才生活在群众之中，群众最有能力也最有资格，选拔、鉴别带领自己从事创造历史活动的人。另一方面，也是更重要的，是建立一套能够适应现代化建设需要的、有利于人才成长与发展的人才管理制度。只有从"个体伯乐"过渡到"群体伯乐""制度伯乐"，才有可能做到大规模地发掘人才资源，既实现"野无遗贤"，又能够才尽其用。

——摘自《还需"制度伯乐"》

寥寥二十八字，鲜明地讲述了两个重要的历史观点，充分地体现出作者高明的史识、独到的史眼：一是，治国理政，必须任用德才兼备、有智谋、有远见的杰出人才，古人称为"选贤任能"。这里强调了人的因素，特别是贤才在兴邦治国中的重要作用。当然，同时也应该指出，人的因素并非仅仅表现为少数英杰贤俊的历史作用，他们应该能够顺应历史潮流的发展，形成推动社会历史前进的合力，这样才能充分发挥其应有的作用。二是，国家盛衰、王朝兴替、社会变迁，并非遵循所谓"历史循环论"——认为人类社会的发展过程周而复始地经历同样阶段的理论。具有代表性的是战国末期邹衍提出的"五德终始说"（历史变化是土德、木德、金德、火德、水德的相继更替，周而复始循环的结果）；汉代史学家司马迁也说过："三王之道若循环，周而复始。"诗中批驳了这种带有历史唯心主义色彩的论点。

——摘自《史眼》

以发展变化的观点看待客观事物。时光永是流逝，世事变化无常，变是绝对的，不变是相对的，"人生代代无穷已""前人田地后人收"。小而面对一片庄田，在封建时代的农业社会里，土地的兼并争夺不断进行，因而提醒世人，不要过于拘执谁是"收人"；大而至于王朝更替、社会发展，更是沧海桑田，变化多端。明代学者杨升庵在《二十一史弹词》中，以《西江月》词牌，演绎了范仲淹的这一观点："道德三皇五帝，功名夏后商周，英雄五霸闹春秋，顷刻兴亡过手。青史几行名姓，北邙无数荒丘。前人田地后人收，说甚龙争虎斗。"

观察、分析事物，需要把目光放得长远一些。"风物长宜放眼量"，不要就事论事。要随时为变，随几处变，审时度势，唯变所适。

树立正确的得失观。对那些倘来之物，得之勿喜，失之勿悲；"不以物喜，不以己悲"，这在其传世名篇《岳阳楼记》中已经表述得很清楚了。

——摘自《谁是"收人"》

诗的艺术手法，一是即事明理，有感而发；二是通过暗喻或者借喻，引人深思遐想。

——摘自《花山叹》

明理，叙事，状景，抒情，这是诗共有的功能。好的哲理诗，应是诗人以审美方式把握道理而创造出一种特殊艺术境界或审美感受。

——摘自《雪泥鸿爪》

诗人本衷乃是借助一番胜景游历、烟雨洪潮两种意象、否定之否定螺旋式上升的三个阶段，记述其读书、实践中超越物相，实现禅悟的过程，以及豁然开悟之后所出现的空寂、淡泊的旷达心境。

——摘自《原来不过如此》

真实是诗的生命。

——摘自《见得真　道得出》

论者认为，这里说的师法自然，也还可以做更加深入、广泛的解读。一是，"自然"可以延伸为大自然的规律，包括艺术创造在内的各种社会实践，都应当遵循自然规律。二是，师法自然也可以理解为从自身感受当中寻找真理。比如，艺术家强调用自心去体会万物，从而获得灵感，这也是师法自然。

——摘自《师法自然》

这种世俗趣味，是经验与现象世界感知方式在文艺审美中的体现。在中国宗法社会依然为主要特点的明清两代，世俗趣味主要表现在文艺内容和语言的趣味性和喜剧性，创作状态的众声性。众声性诗歌往往多创作于一种群体性的场合，比如诗人们的唱和、交游、游赏、包括应酬等，更能表现出人际交往中的情感状态和特点。

——摘自《如此"官魂"》

中国的山水画，作为心灵的产物，里面总要掺进画家精神、气质、追求等个性化特征；而堪称上乘的山水题画诗，则会把这一个性特征进一步发扬光大。从这个意义上说，优秀的山水画，特别是题画诗，都应该是情景交融、有意境、有寄托的艺术品。

——摘自《景外见意》

作者的写竹、颂竹，最终都是本人孤高傲世、坚忍不拔的精神的寄托。他通过塑造翠竹咬定青山，扎根岩石，笑对狂风肆虐，不怕千磨万击的强者形象，意在托喻自己立身坚定，敢于向邪恶势力抗争的人格精神。同时，我们也可以从中领悟到一些哲理：一是"为者常成，行者常至"，要做成任何一件事情，都必须具有"咬住不放"的顽强毅力；二是"艰难困苦，玉汝于成"，不应回避与惧怕恶劣的环境条件，青青翠竹之所以能够如此坚劲，正是在千磨万击中锤炼出来的。

——摘自《为强者造像》

从人性特点或者弱点角度看，老子有言："不见可欲（不显耀可贪的财物），使民心不乱。"又说，缤纷的色彩使人眼花缭乱，珍稀的物品引诱人行为不轨。因此，有道之人但求安饱，而把声色、感官之娱弃置一旁。"不开花"，对外可以免除声色的炫耀，对内也有利于防止心灵的惑乱。卑之无甚高论，就是避免麻烦。

——摘自《别开生面的竹颂》

从事物发展规律看，人是自己命运的主宰，所谓"自求多福"。古人早就说了，"物必先腐也，而后虫生之""人必自侮，然后人侮之""天作孽，犹可违,自作孽,不可活"。招蜂惹蝶,以色相示人,必然自找苦吃,招灾引祸。特别是人在成功成名、位高权重之后,往往会招来金钱、美色的诱惑,如果缺乏清醒的认识与足够的警觉,就会身陷其中,不能自拔。本诗突出强调了主观因素的作用,是富有积极意义的,极具现实的箴规、针砭价值。

——摘自《别开生面的竹颂》

人的一生所处的社会关系及其行为模式,决定了个人所扮演的社会角色。但是,这种社会角色终究与自身本色不同。

——摘自《戏剧人生》

创新的一个重要体现,就是要独具只眼,抒写性灵,张扬个性,别出心裁。

——摘自《切忌人云亦云》

从四句诗里我们可以悟出一些人生至理、生命智慧:一是,事物的矛盾在不断地转化。顺利孕育着挫折,成功蕴含着失利,矛盾依一定的条件,总在不断地转换着。二是,反映了事物的必然性与偶然性。船只在河流中行驶,尽管千折百曲,但只要驶动,前进是必然的,迟早总会到达目的地,这是必然性。而在行驶过程中,会因为条件的改变,或遇顺风、顺水,或遇逆风、逆水,从而影响着前进的速度与方向,这就带有偶然性了。如果说,必然性是一万,那么,偶然性就是万一了。三是,在人的生活中,偶然性无处不在,人的一生中充满偶然性。偶然性性质不同,有的是危机、祸患,有的会带来机遇,偶然性无法预测,但并非神秘,智者可以做出判断,加以提防。

——摘自《矛盾转化 顺逆翻复(一)》

在太史公笔下,滑稽大师淳于髡机智敏黠、伶牙俐齿、巧于应对、调笑嬉戏的形象，跃然纸上，呼之欲出。同那些垂绅正笏、出将入相的政治家比较起来，对此类所谓"优孟衣冠"又是另一副笔墨。

——摘自《滑稽列传》

精读全文，仿佛走进古人诗酒风流的聚会场所，饱享高雅的精神盛宴，感受潇洒出尘的幽怀逸趣，获得一种美的享受；进而领略作者对生命、生活、友情、自然的珍爱，体会其乐观开朗的生活态度；欣赏并学习那种以简驭繁、挥洒自如的高超的写作手法。

——摘自《〈春夜宴诸从弟桃李园〉序》

在《陋室铭》中，作者通过描写自己简陋的居室，表达了洁身自好、耻于趋附权贵的高傲心性和孤芳自赏、怡然自得的闲适心态。就体裁说，属箴铭类，但有对比，有隐喻，有用典，有白描，结构浑成，文字清丽，而且整齐押韵，朗朗上口，具有很高的艺术水平。

——摘自《陋室铭》

历朝历代，选诗为百世功，贵在坚持标准。应该是质量唯一，宁缺毋滥。

——摘自《致诗词编者》

作为民族文化的基石，语文既是科学，也是艺术，是陶铸灵魂、增长才智、把握知识、实现全面发展的基础性学科。一朝谙熟，终生受用。

——摘自《为〈语文三昧〉杂志题词》

要走向人的内心世界，文学要"向内转"。应该启发对自己内心、对人性拷问的自觉意识。要注重文学创作的主体作用，自觉表现人的内心世界，自由开拓"内宇宙"的深邃领域。具体表现为题材的心灵化、语言的情绪化、情绪的个体化、描述的意象化、主题的繁复化，从而使文艺更加贴近现代人的精神生存状态。

——摘自《致石杰》

而文明的发达与薄弱，特别是文化积淀的形成，又和这个国家、民族的语言文字直接联系着。

——摘自《致李东红》

中国的文学正在进入市场化、平民化、快餐化、娱乐化，不是喜欢不喜欢的问题，而是一种发展趋势，并且不可能逆转。

——摘自《致黎枚》

一个作家对于客体对象的书写，绝不仅仅基于趣味与偏好的审美选择，本质上，恐怕还是一种精神类型的选择。无论是抑扬、褒贬、毁誉，着眼点都是对于人格、个性以至人生道路的研判与评说。

——摘自《致杨光祖》

如果当今我们的思想似乎变小了，不是因为我们比前人愚钝，而是因为我们不像他们那么在乎思想。

——摘自《致李磊》

所有的思想者都是信息过剩的牺牲品，而当今思想者的思想也是信息过剩的牺牲品。

——摘自《致李磊》

散文必须真实，这是散文的本质性特征，一向被我们奉为金科玉律；而散文是艺术，唯其是艺术，作者构思时必然要借助于栩栩如生的形象和生动感人的细节，必然要张开想象的翅膀，对于生活素材做典型化处理和必要的艺术加工。这里就有个生活真实与艺术真实的关系问题,应该处理得当。

——摘自《致刘文艳》

我们校正古书文字,一条重要原则就是必须核对原文;由于今古文字差异,有的还须查核字书、词典,比较标准的是《汉语大字典》和《汉语大词典》。切切不可拿网上的作为依据——网上错讹连篇,有许多是半通不通或者不负责任的解答;更不应该望文生义,自我作古。

——摘自《致马迪》

出于至诚、出于崇敬、出于热爱,这样,行文所至,有时会未免过当,像孟子所说的"阿其所好"吧。——这是可以理解的。

——摘自《致陈巨昌》

师俭、重德,显现出一种人生智慧与文明根性;尚文重教、热心实业而淡化官本位,代表一种道路抉择;而看重名节,不轻忽于去取出处,则体现一种生命价值。

——摘自《古镇灵光》

在山水间,大自然与那一个个易感的心灵,共同构成了洞穿历史长河的审美生命、艺术生命,"天地精神"与现实人生结合,超越与"此在"沟通。大自然,成为人们的生命之根、艺术之源。

——摘自《变革中的升华》

文学是一种缘,或者说,文学本身存在一种缘分。上下千年,暌隔万里,借助文学可以实现心灵对接、情志契合;文学为沟通心灵而存在。

——摘自《只缘胸次有江湖》

王充闾先生智语

文学这种东西极富魅力,一经染指,往往终身难于废弃,有时魂梦相随,纠缠如藤萝绕树,狐媚附身。苏州姑娘林黛玉就有过"无赖诗魔昏晓侵,绕篱倚石自沉吟"的咏叹。

——摘自《华发回头认本根》

散文的工程意识有两种情况:一种是在经历了一段创作过程之后形成的;一种是作家在创作伊始,这种意向就已经非常明确。

——摘自《散文创作纵横谈》

由于意识形态用语的标准化,由于传播媒介语言的千篇一律,由于日常生活的实用机制,由于从小学到大学的传授知识方式,造成了人们对于一切事物都有一个预设的固有思维模式,固有的表述方式,它不是鲜活的,而是一个个硬结;表现在语言上,已经失去了应有的弹性和个性的光彩。我们经常苦于找不到细微感觉和与思维状态对应的词汇,词汇倾向于物化、固化、模式化,失去了感觉的动态过程。

——摘自《散文是作者生命的一部分》

在我们这素有"诗国"之誉的中华名邦,还有没有人能够力挽濒临失传的"绝学",重翻阳关古调,像这样一循旧律,古色古香、有板有眼地加以吟唱呢?难道真的如孔老圣人所慨叹的,到了"礼失而求诸野"的地步了?

——摘自《白云·青鸟》

贴近时代,目注苍生。文学是人学。人的思想情感,实践活动,亦即人的精神存在与物质存在,是现实中最基本的存在。

——摘自《散文是作者生命的一部分》

而在我国文化传统中，却有着相反的意见，向来讲究"知人论世""文如其人"。早在两千多年前，孟老夫子就说过："颂其诗，读其书，不知其人可乎？"我个人是拥戴后一种主张的。因而也就习惯于把作品同作家联系起来。既然，血管里流出的是血，水管里流出的是水，一部作品又怎么能同它的作者截然分开呢？

——摘自《石杰其人其文》

　　在艺术世界里，每一品种、每一门类都各有其限定的范围、运行的轨迹以及自身发展的规律，中国画题画诗自然也不例外。这里遇到的首要问题，是先要廓清题画诗的确切定义，进而大致认定它的始创年代与发展历程。题画诗在中国，可说是源远流长，作品数以万计，而且情况颇为复杂。

——摘自《题画诗漫议》

　　当然，这种个人化的历史书写，不同于完整的回忆录，更不要说系统的报刊史、艺文史、思想史和一般意义上的社会风云录了；充其量只能算作历史的侧影、剪影或者背影。但它是形象化的，活生生的，有血有肉的，实实在在的，是古代史学家班固和刘知几所说的"实录"。而真实是历史和文学的生命。我想，这部作品的真正价值也就在这里。

——摘自《一编简牍寄深情》

　　处于基础地位的民族凝聚力主要来源于民族文化，来源于民族文化的认同。而这种文化的认同，又有赖于对本民族、本地区的历史、文化进行全方位的探求与审视，从科学、辩证的唯物史观出发，梳理出一部深刻的历史、文化图卷，并判断出准确的历史、文化定位。这对于该民族、该地区的经济发展与社会进步，无疑具有承前启后的重要作用。

——摘自《〈别观锦州〉书后》

其实，作为文学，作为散文，适度的想象原是必不可少的，这里有个生活真实与艺术真实的辩证关系问题。生活的真实是基础，艺术的真实是手段。前提是散文是艺术，而且是写意型的；唯其是艺术，就必然要借助于栩栩如生的形象和适度想象的律动。

——摘自《高龄的舞者》

首先，文化大散文的写作者应该高扬主体意识，让自我充分渗入对象领域，通过不断地质疑、探寻与追问，阐扬个性化的独立的批判精神。就文化大散文应该体现作家强烈的主观感受这一点来说，它与咏史诗有些相似。

——摘自《文化大散文三议》

文化大散文应该洋溢着作家灵魂跃动的真情，闪耀着熠熠的文采。既是散文，总离不开抒情，真情是文学的灵根。文化大散文除了要求无可辩驳的逻辑力量，还应该具有深沉而凝重的激情，富于诗性与美感。要运用形象生动的语言，赋予文章以浓郁的感情色彩，力求在情感和理智两方面都能感染读者，征服读者。

——摘自《文化大散文三议》

文化大散文应该坚守精神的向度，闪现理性的光辉，在对历史的描述中，进行灵魂烛照、真理探求、文化反思。历史就是人生，人生必有思索，必有感悟。散文是发现与开掘的艺术，最关紧要的是在叩问沧桑中撷取并展示独到的精神发现。缺乏深沉的历史感与哲思，缺乏独特的精神见解，不能获得广阔的精神视界和深邃的心灵空间，进入更深层次的文化反省，就无所谓深刻，也无法撄攫人心，抓住读者。

——摘自《文化大散文三议》

新闻与文学，属于两种不同的文体；它们有不同的要求，不同的衡量标准。但是，优秀的新闻作品，往往也是很好的散文。

——摘自《妙境同臻》

《三园吟咏》亦以此而得名。其他尚有咏赞公园春色、欣赏关门山枫叶、追忆燕园往事、惊叹花山岩画等大量充满生活气息、映现高雅情怀的诗篇。

——摘自《"只效陶公乐畅然"》

综合的文化现象，蕴藏着丰富的文化信息，其文化学价值具有特殊的魅力，特别是在文学、历史、哲学、宗教中，处于源头的地位。

——摘自《关于〈文化神话学〉》

评说一位作家的作品，当然有必要参阅他人的论述，为的是从中受到启迪，进行参考。然而，我却很重视自我的原始阅读感觉。

——摘自《可贵的震撼力》

作为出色的哲学家，庄子既接受感官的呼唤，放射出激情的火花，又能随时运用理性的抽象，营造出幽思玄览。

——摘自《哲学的起点便是文学的核心》

散文的韵味犹如人的气质、风致，简单的几句话未必能说得清楚；文章也是如此，你让我具体指认哪些句子属于这类情况，不太容易办到，但是，诵读一过，细加玩味，便可以感觉到。韵味也好，风致也好，就作家来说，原是老到、成熟的表现。

——摘自《气质与风致》

说诗，可以有两种方式：一种是系统地、条理地讲，诸如格调、比兴、形象、意境、韵律，以及声韵、对偶、字句、章法、规则、派别、体裁、忌病（八病、五忌、五戒之类）等，都必然要接触到；还有一种讲法，漫谈式的，从具体文本入手（其中既有古代的名篇，也结合个人的创作），在涉及规律、作法时，再就实论虚，谈些个人的见解。我觉得，后者可能活泼一些，容易引发兴趣。

——摘自《关于传统诗的创作与欣赏》

与旅游、开发活动联系起来，我觉得最应注意的是满族的民风民俗文化，这里面包括服饰、饮食、体育游艺、居室和婚嫁、丧葬、祭祀、节庆等诸多方面，都是极有特点，而且颇具吸引力和研究价值的。

——摘自《清文化与沈阳》

散文创作中的语言，是通过对日常语言的变形、凝聚、强化、文学化、形象化、陌生化，使之更新我们的习惯反应，唤起新鲜的感知。

——摘自《散文创作纵横谈》

我选择人物的标准，一是值得写，有可传可述之事，无论正面反面，能够发人深思、供人研索；二是有足够的可言说性，命运起伏跌宕，人性复杂、深刻，矛盾冲突激烈；三是可以做多样化解读，个性化空间比较大，对那些历史评价上有争议、具备结论的多样性的，我尤有兴趣。

——摘自《就〈张学良：人格图谱〉答央视记者问》

在激烈竞争的现代，创新能力是一个社会、一个民族、一个国家的生命线。现在，国际的软实力竞争，其实就是创新能力、创造性的竞争。就个人来说，是否具备创造性思维和创新能力，关系到发展的前途、命运。同样都是一生，有的事迹平平，有的硕果累累，有的名垂青史，有的默默无闻，除了社会环境条件的制约，是否具有创造性思维与创新能力，起着很大作用。

——摘自《关于创造性思维的对话》

这令人想到新闻语言。真实、客观、全面地呈现事物的面貌这一要求，决定了新闻语言必须是一种如实反映客观事实的语言。因此，它的主要功能是叙述性。准确、鲜明、生动、简练，是它的自身特色。

——摘自《探讨语言的文学性》

尊重文学创作规律，努力形成活泼、团结、鼓劲的氛围，使作家有个良好的心态，能够充分发挥其创造精神和艺术才能。作协要做的工作很多，我认为这两点是至关重要的。

——摘自《双栖的负累》

文学作品尤其是散文作品，是一个以审美语言建构起来的意义世界。我们阅读散文作品，实际上是被作品用语词所编织出来的美妙艺术境界和艺术形象所感染，从中获取审美的愉悦。语言在散文作品中起着极为重要的作用。从作者角度说，它是表达思想、情感的物质载体；就读者而言，正确把握作品中所蕴含的丰富语义，是欣赏作品的基础和前提。由于文学语言要满足广大读者审美的需要，所以，应该是艺术性的，象征性的，不然的话，就谈不到审美的功能。

——摘自《散文的文学性》

我们所处的时代是对思想充满渴望的时代。而当前，从文学审美形态的发展来说，散文创作诗性的失落，思想含量的稀薄，缺乏新鲜动人的思想刺激，已经成为普遍的弱点。其源盖由于向商业化、消费性的靠拢。

——摘自《散文的现代性和诗性》

"散文热"进程中,无论在题材、内容、形式方面,都展开了许多新的探索,比如思辨化、大型化的"大文化散文"的出现。随着思想文化素质的逐步提高,一些读者已经不满足于只是在散文中得到一点消遣和心灵的慰藉,而希望在审美的同时也获取更多的思想文化资源,在更宽阔更久远的文化背景上,思考现实人生问题。

——摘自《散文写作十题》

中华民族有悠久的优秀的文化道德传统,这是文化之根,民族之魂,是涵养民族主体意识的依托,维系民族精神命脉的源泉。民族精神是一个民族赖以生存和发展的精神支撑。一个民族没有振奋的精神和高尚的品格,不可能自立于世界民族之林。而民族精神的传承是依靠固有的精神文化来体现的。

——摘自《着力推进传统文化的现代化》

所谓文化赋值,就是赋予某一事物(包括物质产品)以文化价值,以提高它的知名度,提高它的生命力、竞争力和影响力。从浅层次或者狭义来说,就是从产品的外包装上,从产品的品牌、标识上,附加文化的内涵。

——摘自《"文化赋值"主客谈》

作为文学作品,自不能以单纯的纪实为满足,还须通过文学的手法,运用文学语言,借助形象、细节、场面、心理的刻画,进行审美创造。

——摘自《以文学之笔再现张学良》

形势的发展,呼唤着以开阔的视野、高远的目标、科学的方法,总结经验,力辟新途,再上一个新的台阶。列宁有一句名言:"庆祝伟大革命的纪念日,最好的办法是把注意力集中在还没有解决的革命任务上。"这可以应用于一切纪念活动。

——摘自《纪念营口市诗词学会创建二十周年》

　　文学事业作为精神文明的重要组成部分，同样是繁花似锦，紫万红千。广大作家、文学工作者深入生活、拥抱时代，在人民的历史创造中进行艺术的创造，在人民的进步中造就艺术的进步，以自己的艰辛劳动推动着全国文学事业的发展。

——摘自《文学艺术应该拥抱时代、与时俱进》

　　当前，面对着移动互联时代数字媒介阅读大行其时的形势，许多年轻人都选择网络在线阅读、手机阅读、电子阅读器阅读等新的阅读方式；相对地说，选取传统纸质媒介阅读的人大有减少。

——摘自《关于阅读习惯与阅读方式》

　　由于文学环境的宽松、作家心态的自由和生存方式的转换，作家也好，读者也好，存在着回归文学本体，张扬人文精神，抵达人性深处，重视生命体验，从而获得较高的美学品质的审美期待。

——摘自《新时期以来小说创作的人性化书写》

　　散文作家像小说家、戏剧家一样，同样应该具备深切的生命体验和心灵体验，这是实现散文创作深度追求的迫切需要；大而言之，它还直接关系到文学回归本体，以人为本，重视对于人的自身的研究这一重大课题。

——摘自《一年谈话今宵多〈渴望超越〉》

　　所谓生命体验与心灵体验，依我看，是指人在自觉或不自觉的特定情况下，处于某种典型的、不可解脱和改变的境遇之中，以至达到极致状态，使自身为其所化、所创的一种独特的生命历程与情感经历。

——摘自《一年谈话今宵多〈渴望超越〉》

从一定意义说,哲学不是学术性的,而是人生的,哲学联结着人生体验,是一种渴望超越的生存方式,一种闪放着个性光彩、关乎人生根本、体现着人性深度探求的精神生活。

——摘自《一年谈话今宵多〈渴望超越〉》

诚然,艺术是对人生的表现,而哲学是对人生的思考,它们存在着实际差别;文学创作归根结底要依赖于形象、情感和体验。但无论是形象还是情感、体验,都须经过形而上的思考,实现内在的超越。

——摘自《一年谈话今宵多〈渴望超越〉》

对于散文作家,超拔而自在的心态实在是太重要了。这是回归文学本体,抵达人性深处的一个前提条件。作家自由丰富的心性的发育程度、心灵自由的幅度,直接关系到散文作品的艺术魅力。

——摘自《一年谈话今宵多〈渴望超越〉》

散文是与人的心性距离最近的一种文体,是人类精神与心灵秘密最为自由的显现方式。只有具备自由、自在的心态,具备不依附于社会功利的独立的审美意识和超越世俗的固定眼光,才能真正进入艺术创造的境界。

——摘自《一年谈话今宵多〈渴望超越〉》

由于人性纠葛、人生困境是古今相通的,因而能够跨越时空的限隔,给当代人以警示和启迪。而这种对人性、人生问题的思索,固然是植根于作者审美的趣味与偏好,实际上也是一种精神类型、人生道路、个性气质的现代性的判断与选择。

——摘自《一年谈话今宵多〈历史文化散文的现实关怀〉》

其实，文学是最富有历史感的艺术类型，甚至可以说，文学本身就是一种历史，是一个民族的精神追寻史。对于历史的反思永远是走向未来的人们的自觉追求。

——摘自《一年谈话今宵多〈散文激活历史〉》

散文中如能恰当地融进作家的人生感悟，投射进史家穿透力很强的冷峻眼光，实现对意味世界的深入探究，对现实生活的独特理解，寻求一种面向社会、人生的意蕴深度，往往能把读者带进悠悠不尽的历史时空里，从较深层面上增强对现实风物和自然景观的鉴赏力与审美感，使其思维的张力延伸到文本之外，也会使单调的丛残史迹平添无限的情趣。

——摘自《一年谈话今宵多〈散文激活历史〉》

应该说，散文是作者人格的投影，心灵的展示，人格魅力的直呈和创造性生命的自然流泻；散文写作是作家对外界信息进行整合、同化于内心的一个审美意识过程，是面对自身经验、自我灵魂的一种语言方式。它应该最能体现人的心性的真实存在，反映作者的人格境界、个性情怀与文学修养。

——摘自《一年谈话今宵多〈散文激活历史〉》

作家写历史题材的作品，实际是一种同已逝的古人和当下的读者，作时空睽隔的灵魂撞击与心灵对话，是要引领读者在重温历史事件、把握一些背景化真实的同时，能够站在一个较高的层面，共同地思考当下，认识自我，提升精神境界。

——摘自《一年谈话今宵多〈散文激活历史〉》

哲学永远是一种"无用之用",它是作用于人的精神的,一个人需要哲学的程度,取决于他对精神生活看重的程度。当一个人对于人生产生根本性的疑问时,他就会走向哲学。那些不关心精神生活、灵魂中没有问题的人,也就不需要哲学。

——摘自《一年谈话今宵多〈开阔视野也好,涵养底蕴〉》

学习、研究哲学有两个要领:一个叫选择视角,一个叫提出问题。哲学研索本身就是一种视角的选择,视角不同,阐释出来的道理就完全不同。视角和眼光是联系着的。视角之外,还有个立足点问题——所处位置不同,观点和取向就将随之而变化。运用"八面受敌法",每番展读,都有视角的调整;否则,无法步步深入。

——摘自《一年谈话今宵多〈开阔视野也好,涵养底蕴〉》

哲学追求的是智慧,知识是别人的,智慧必须靠自己领悟。知识可以背诵,可以诉说,而智慧需要内化为自己的血肉与灵魂,变为自己的思维方式,变为认识问题、解决问题的见识与能力。

——摘自《一年谈话今宵多〈开阔视野也好,涵养底蕴〉》

传统文化价值体系中,有些合理内核是可以超越时代,成为现代精神资源的。比如,儒家所崇尚的以天下为己任、关心民族兴亡的强烈社会责任感,就在张謇身上深深扎下了根。在他看来,儒学本身,作为一种文化积淀,也在不断地进行自我调适以应世变之需。

——摘自《寒夜早行人》

临风吊古,有人慨叹物是人非,说什么"一切没有生命的依然存在,而一切有生命的全都变得面目全非了"。其实,这话是不确切的,没有生命的同样也在变化,甚至彻底消失。倒是那些古代诗文联语,作为精神产品的遗存，仍在鲜活地昭示着前人的哲思理趣，予人以深邃的启迪。

——摘自《当人伦遭遇政治》

　　游猎的先民在浩瀚无垠的荒原上，通过与大自然的艰苦拼搏，培植了粗犷豪放的性格，也播下了信念、追求与热望。他们在呼啸、奔逐、游牧、畋猎之余，借助于岩画的创作，把自己的喜怒哀乐、忧思感奋、所见所闻一一凿刻于山石之上，以获取心理上的满足与快感，达到抒发情感、愉悦身心、恢复体力、消解疲劳的作用。

——摘自《叩启鸿蒙》

　　庄子的哲学思想不失为一副清凉散、醒心剂。而世俗间的般般计较、种种纷争，置入他的价值系统和"以道观之"的宏大视角之中，纵不涣然冰释、烟消云散，也会感到淡然、释然，丝毫不足介意了。

——摘自《逍遥游》（增订稿）

　　道也好，哲学也好，如果它是可说、可闻、可见的，能够体悟的，那就必然来源于现实生活，植根于客观实践，不可能脱离具体的事物而悬空浮置；而且，可以通过喻象性的方式，通过对具体事物的描绘加以解释。庄子的哲学就正是这样，因此，把它称之为生活的哲学。

——摘自《逍遥游》（增订稿）

　　人来于自然，最后归于自然，人死不过是结束在社会上短暂的流浪，而回到宁静的自然这一永恒的家。为人类心灵找到一条回家的路，这就是庄子美学的精髓和魅力。

——摘自《逍遥游》（增订稿）

　　哲学与文学统一、结合，相融相生，互为支撑，相得益彰，这是《庄子》

在艺术上取得成功的关键环节。闻一多先生曾经指出，文学要和哲学不分彼此，才庄严，才伟大，哲学的起点便是文学的核心。那思想与文字、外形与本质的极端的调和，那种不可捉摸的浑圆的机体，便是文章的极致。

——摘自《逍遥游》（增订稿）

在唯物主义者看来，无论是巴尔扎克创作高产，还是李白才华横溢，都是他们勤奋学习、刻苦实践的结果，都同他们的生活实践、艺术实践有直接关联；而江淹才华的衰减，也是与他沉酣于高官厚禄，长期脱离社会实践分不开的。他官为尚书驾部郎、骠骑参军事、中书侍郎，后来位居相国长史，置身于官运亨通的顺境，再不肯刻苦自励，还志得意满地说："人生行乐耳，须富贵何时！"由莘莘学子一变而为及时行乐的阔佬，那样，他的才华还能不衰减吗？

——摘自《顿悟》

当前，文学正从文化生活的中心地位向边缘滑落，而伴随着商业化、时尚化的无情侵蚀，文学的消费性、娱乐性也日益凸显出来。许多作品缺乏审美意蕴的深度追求，只是烦琐、无聊、浅层次的欲望展现，以追踪时尚为乐趣，以逼真展现原生态、琐碎描绘日常生活为特征，使作品沦为表象化、平面化的精神符号；而且，文采匮乏，粗制滥造，完全不讲究谋篇布局，结构紊乱，语言质地很差，古汉语语句凝练、内蕴丰富、风格雅致的特色荡然无存。人们经常寓目的却是，学养不足就拼命煽情，或者满篇西崽口吻，拉洋旗作虎皮。这类劣质化、泡沫化的"快餐文学"，不可能参与文化积累，也不具备传承属性。为了疗治这种"文学无文"的弊病，我觉得有必要借鉴一些古代文学的辞采与章法。

——摘自《借鉴遗产　融合新机》

平庸寡淡、缺乏文采现象的产生，固然同文体泛化、文学队伍泛化有一定关系,什么都称文学作品,谁都在那里出书,以致鱼龙混杂,良莠不齐;但更直接的原因是由于粗制滥造,率尔操觚,这已经成为现时文坛上的通弊。文学作品需要锤炼,需要沉淀。现在是没有初稿的时代,不管是否成熟,码完了字就送出去发表,甚至连再看一遍的耐心也没有。过去作家写文章,轻易不肯示人,所谓"良工不示人以朴"。随园老人说得更形象:"爱好由来下笔难,一诗千改始心安,阿侬还似初笄女,头未梳成不许看。"古人是"吟成五字句,捻断数茎须";现在,对于文学还有那样敬畏、痴情、执着的人吗?

——摘自《借鉴遗产 融合新机》

理想的境界,应该是诗性、史眼、哲思的有机契合。文学的青春笑靥,可以给冷峻、庄严的历史老人带来欢快、生机与美感,赋予想象力和激情;而史眼、哲思的晨钟暮鼓般的启示,又能使文学靓女在美学价值之上平添一种凝重感、沧桑感,形成心灵的撞击力,引发人们思考更多的问题,加深对社会人生的认知与理解。

——摘自《〈王充闾散文精选〉自序》

文学创作原是一种极富个性特征的创造性精神劳动,而现时不少作品,由于缺乏想象力、独创性、个性化的支撑,以致沦为思想平庸、形式趋同的表象化、平面化的精神符号。有的迎合世俗,追踪时尚,着力于日常生活的琐碎描绘和浅层次的欲望展现;有的通过情调的渲染,给予读者某些廉价的抚慰,导致精深的生命探求和文学审美性的消解,呈现出一种"消费品格";而那种凭借作者本身的广告效应和读者好奇心理以及对于成功成名的期待的所谓"明星写作",更是占据了一定的图书市场。其源盖由于向市场化、消费性的靠拢。

——摘自《〈王充闾散文精选〉自序》

创作实践告诉我们，就题材来说，以瑰奇、新巧取胜易，以寻常、自然超迈难。人情之常，喜欢求新逐异，新风景、新格局、奇人奇事，总是最吸引人眼球的。相对于那类"登车揽辔，澄清天下"，叱咤风云的大人物，走入人群中再难以认出的普通角色确是不易着笔。但是，艺术家的过硬本领恰在此处。

——摘自《〈在母语的屋檐下〉序》

在新的历史时期，无论你做什么，要想提高一个档次，思想、工作迈上一个新的台阶，就都面临着一个从经验型、自发型进入理论形态、系统形态、超前形态，提升理论自觉和思维层次的问题。在这里，马克思主义哲学是最重要的，它既能为我们树立科学世界观奠定基础，又能统领与整合各种知识、学问。喧嚣浮躁的世界需要深刻的思想；高品位的、健全的人生，不能没有哲思的陪伴、智慧的导引。

——摘自《学问思辨　励志笃行》

网络世界，作为一种无法逃避的生存状态，一种加速度的内驱力，正在营造着一个与现实不同又紧密结合的虚拟天地，使人们跨越了时间与地域的界隔，迈向无限的自由空间，自然也改变着思想和行为方式。就这个意义来说，同网络的结缘，与其说是工具手段的变换，毋宁说是观念形态的更新。它使人记起了丘吉尔的话："人们改变世界的速度，总是快过改变自己。"

——摘自《一"网"情深》

人生如戏。进入社会就如同一场大幕拉开，各自扮演着不同的角色，活着在舞台上奔波，死了等于从舞台上退下。只是，人生这场大戏是没有彩排的，每时每刻进行的都是现场直播；而且是一次性的、不可逆的。不像戏剧那样，可以反复修改、反复排练，不断地重复上演。但也正是为此，不可重复的生命便有了向戏剧借鉴的需要与可能，亦即通过戏剧来解悟人生、历练人生、体验人生。从这个意义上说，一切舞台、剧场都应该是灵魂拷问、人性张扬、生命跃动的人生实验场。

——摘自《戏鉴人生》

阅读，是一个民族文化传承的基本途径。读书可以让人保持思想活力，让人得到智慧启发，让人滋养浩然正气。尤其是文化经典可以助人涵养精神，拓展心胸，升华志趣。那么，国学经典艰深难啃，怎么办呢？这就提出一个经典的阐释与解读问题。古代学人有些行之有效的解决办法，比如，他们把"四书"作为导入的门径。相对地看，"四书"结合主观与客观的实际更紧密一些，更容易理解一些；而且，"五经"的基本义理，也都体现在"四书"里面。《论语》一书记载着孔子及其若干弟子的言语行事。书中，孔子着重说明一套人们所共同认可的社会行为准则，从社会整体性上来把握怎样做人和做一个什么样的人，属于人文规范，而不是技能、工具性的知识。《论语》中孔子所论述的做人之道、治学之道、治国之道，代表了中国文化的精髓，千百年来，已成为一种文化基因，融入中华文明的血液之中，成为中国人日常文化、思想、情感和生活方式的一部分，从中我们可以吮吸到鲜活、丰富的人生营养。孔子的学生曾参，从修养自己的心身入手，指出真心诚意的路径，于是而有《大学》之作。孔子的孙子、曾参的学生子思（孔伋），在他爷爷首创"中庸""中和"的伦理道德观的基础上，又通过《中庸》一书详细论述了有关生活方式与处世规范的问题。子思的再传弟子孟子，着眼于解决行为方式的问题。就是说，《孟子》七篇是一本专门探讨人类行为方式的儒家经典著作。

——摘自《中华传统文化与国学》

过去学哲学有一个偏向，就是满足于背诵结论，而不善于以理论为指导去发现问题、研讨问题、解决问题。从一定意义上说，哲学不是知识学，而是问题学。这可以从两个角度来理解：一是，哲学的基本问题常解常新，是永不过时的，只能随着时代的发展，理解与阐释方式发生变化。它与科学不同，科学的问题一经找到答案，问题便成了知识，不再具有问题的性质；二是，如果说科学给人以知识，那么，哲学就是给人以智慧——提出问题本身就体现了哲学智慧。哲学家的贡献不在于他解决了多少实际事，而在于他提出了富有前瞻性、开创性的问题。问题是哲学的发展动力，问题开启了思维探索之门。

——摘自《中华传统文化与国学》

作家、艺术家的思想，不能仅仅是一个道德规范、行为规范，也就是仅仅停留在政治态度、做人标准上，还应该进入认识论的范畴，站在民族、社会、时代的最前沿。

——摘自《一年谈话今宵多〈同中学生谈散文创作和欣赏〉》

一个作家、艺术家如果想象力贫乏，即使他有再深的功底，那他的创作生命也无法保持鲜活，甚至会逐渐流于枯萎。而缺乏想象力的文学艺术作品，由于失去创新的根基，必将沦为社会生活一般性状的文字记录与形象写照。

——摘自《文学想象力》

现代是一个作者与读者相互寻找、相互选择的时代。正是通过阅读活动，读者的视域与作者的视域，当下的视域与历史的视域，实现了对接、激荡与融合，从而为彼此真正的理解、有效的沟通提供了条件。

——摘自《读书要有"问题意识"》

面对《庄子》这部具有世界性意义的文化原典，宛如置身一座光华四射的幽眇迷宫，玄妙的哲理，雄辩的逻辑，超凡的意境，奇姿壮采的语言，令人颠倒迷离，眼花缭乱，意荡神摇，流连忘返，不禁叹为观止。

——摘自《论说文的文采》

写游记散文，并不单纯为了写景，同时也是感情的自然流洒，是一些难剪难理的情怀的疏通。是在寻求内宇宙与外宇宙的沟通，唤回对自然的感受，以此来丰富现实生活的内在性、多样性的心灵欲求。这种充满苦累的心灵跋涉，并非得之于灯红酒绿或者舟车簸荡之间，多是成于心境沉酣之际。它的生命力就在于迸发于内心深处，是具有自己个性的独特的思想感受。就这个意义说，散文是为自己而写的。

——摘自《我写纪游散文》

文化，作为连接社会交往的中介，人类创造的具有象征意义的符号总和，它经常通过"获得性遗传"，对于人们的性格、气质、心理、行为，产生多方面的影响。就这个意义上说，文化就是人化，人既是社会文化的创造者，又是社会文化的制成品。

——摘自《童年镶嵌在大自然里》

文学产品的评价，常常是从欣赏者的个人角度出发，各有轩轾，不易统一。这和比武、赛球有明显的差异，不能一起一伏，胜负立见。所以，有"文无第一，武无第二"的说法。这种类型的"文人相轻"，依据的是文章（与郭、李交恶的基础不同）。就性质来分析，主要是认识论和思想方法上，存在着形而上学和主观片面性。

——摘自《皖南杂识》

意境，是中国古典美学独有的又是常见的概念，一向被称为诗歌创作的最高境界，指的是作者的主观情意与客观物境互相交融而形成的艺术境界。读者在欣赏诗歌时，借助丰富的想象和联想，再把它发掘出来。

——摘自《哲理诗的历史地位及其艺术展现》

哲学追求的是智慧,知识可以从别人手里接过来,智慧却必须靠自己领悟。知识可以背诵,可以诉说,而智慧需要内化为自己的血肉与灵魂,变为自己的思维方式,变为认识问题、解决问题的见识与能力。哲学的掌握,不能靠玩弄概念。哲学思维当然需要概念,但不能止于概念,不能实行抽象说教和概念式的演绎,必须善于通过感悟,将概念化为智慧,应该"得鱼而忘筌"。

——摘自《中华传统文化与国学》

散文作品,如果缺乏情感的灌注,缺乏良好的艺术感觉,极易流于幽眇、艰深、晦涩的玄谈,以致丧失应有的诗性魅力和艺术感染力。

——摘自《一年谈话今宵多〈渴望超越〉》

就本质来说,生命体验有两个特征,一个是直观性,艺术在进行形而上的探索时,不可能借助抽象的概念,而是一种直觉的感悟;一个是超越性,生存苦难、精神困惑等体验活动要转化为艺术感觉,还须超出客观实在的局限,虚构出一个灵性的艺术世界。

——摘自《一年谈话今宵多〈渴望超越〉》

在作家的笔下,向来都应该是思想大于史料的。伟大的作家之所以伟大,除了他们具有深刻的历史洞察力之外,还在于他们的有力的批判意识,体现在他们所固有的对于陈腐偏见的不妥协精神上。

——摘自《一年谈话今宵多〈散文激活历史〉》

诗,是心灵与心灵间交往的信鸽。

——摘自《致少儿社编辑》

境静源于心静,源于一种心灵之隐,也就是诗人所标举的"心远"。

这个"远",既是指空间距离,也是指时间距离,"凝心天海之外,用思元气之前"。心若能"远",即使身居闹市,亦不会为车马之喧哗、人事之纷扰所牵役,从而实现人的生命与自然的统一和谐。

——摘自《逍遥游》

世间万事,完美无缺的几乎没有;如果出发前看了太多的景观介绍或者前人、时人的纪游诗文,而你又加以想象发挥,踵事增华,进而形成一种虚无缥缈的"先设图景",那么,身临其境之后,肯定会大感失望,甚至深悔此行的。

——摘自《致温宗辛》

文人多思善感,主体意识强,他们笔下的纪游诗文,总是带有颇大的主体意向、主观成分,即使同在一地,面对同一景观,或褒或贬,常有鲜明的差异;而且,会随着心境、情绪的变化而有所不同。

——摘自《致温宗辛》

这次重读《简·爱》,觉得一个瘦骨嶙峋、身躯柔弱,却勇于抗争、不安现状、敢于争取自由和平等地位,而且富有激情、幻想的少女形象,鲜活地走出书本,而挺立在我的眼前。一百多年来,她以精神上和道德上的美感力量,征服了千千万万的读者,成为无数青年女子效法的榜样。

——摘自《致高炜》

创作光有文学功底不行,还须具备深刻的生命体验。夏洛蒂如果没有她幼时贫穷、困苦、孤独的切身经历,那么,她也就谱写不出孤女简·爱坎坷不平、奇崛傲岸的生命乐章。

——摘自《致高炜》

在我看来，创作诗歌，固然出于个人灵悟，但还是有规律可循的。如果把作品比作菜肴，那么，这类反映创作规律的心得体会，就相当于厨师选菜、配料、烹调的经验、做法，是因人而异、各有章法的。据我个人体会，最要紧的是诗主性情，必须有我。性，表现创作的个性；情，要有真情实感。内在有了真实感受，创作构思也就有所依凭。

——摘自《致张恩华》

刻薄不等于阴损，这是一种文章的风格。

——摘自《致杨光祖》

人越成熟，越需要孤独，向往孤独。没有孤独，就没有个人的独立思考，就没有文学艺术和哲学思维。特别是，随着现代社会的发展，人类生活空间会变得日益狭窄，这样，要求有一个私人空间的想望也就日益迫切；而且，这种想法往往是哲学层面上的。

——摘自《致王丽文》

随着市场经济的深度扩张和后现代化思潮的涌入，人们回归传统、回归本原、回归自然、回归精神家园的情感需求日趋强烈。其中突出的一点，是加倍重视对于本土思想文化资源的开发和研究。我感到，这是这部散文作品的精华所在。

——摘自《致王雪丽》

多读些域外的文学作品，很有好处。从事研究也好，写作诗文也好，都需要眼界开阔，多方借鉴。

——摘自《致李磊》

一句诗里多用实字，可显得凝重，但过多则流于沉闷；多用虚字，可显得飘逸，但过多则流于浮滑。唐代诗人在这方面处理得最好。

——摘自《致李磊》

　　文学是历史叙述的现实反应，在人们对于文化的指认中，真正发生作用的是对事物的现实认识。历史是一个传承积累的过程，一个民族的现在与未来都是对历史的延伸，尤其是在具有一定超越性的人性问题上，更是古今相通的。将历史人物人性方面的弱点和人生际遇、命运抉择中的种种疑难、困惑表现出来，用过去鉴戒当下，寻找精神出路，这可以说是我写作历史散文的出发点。

——摘自《我的文学之梦与现实同构》

　　文学传记的宗旨在于写真。这里的"写真"，有别于照相馆的描形绘影，尽态极妍，不仅重于貌，尤其重于心，既须讲求技巧，更要依靠神会。文学的写真重在写心，亦即着眼于展现传主及有关人物的个性特征、内在质素、精神风貌。这也就决定了写法上不可能像一般传记那样，对于传主由少而壮、由壮而老地步步跟踪，环环紧扣，面面俱足；而应抓住重心，突出特点，关键处努力追求清代文人张岱所说的"颊上三毫，睛中一画"的传神效果。

——摘自《成功的失败者——张学良传》

　　同人生一样，诗文也有境与遇之分。《蒹葭》写的是境，而不是遇。"心之所游履攀缘者，故称为境。"（佛学经典语）这里所说的境，或曰意境，指的是诗人（主人公？）的意识中的景象与情境。境生于象，又超乎象；而意则是情与理的统一。在《蒹葭》之类抒情性作品中，二者相辅相成，形成一种情与景汇、意与象通、情景交融、相互感应，活跃着生命律动的韵味无穷的诗意空间。

——摘自《伊人宛在水之湄》

诗人"着手成春",经过一番随意的"点化",这现实中的普通人物、常见情景,便升华为艺术中的一种意象、一个范式、一重境界。无形无影、无迹无踪的"伊人",成为世间万千客体形象的一个理想的化身;而"在水一方",则幻化为一处意蕴丰盈的供人想象、耐人咀嚼、引人遐思的艺术空间,只要一提起、一想到它,便会感到无限温馨而神驰意往。

——摘自《伊人宛在水之湄》

诗中悬置着一种意象,供普天下人执着地追寻。我们不妨把"伊人"看作是一种美好事物的象征,比如,深埋心底的一番刻骨铭心的爱恋之情,一直苦苦追求却无法实现的美好愿望,一场甜蜜无比却瞬息消逝的梦境,一方终生企慕但遥不可及的彼岸,一段代表着价值和意义的完美的过程,甚至是一座灯塔、一束星光、一种信仰、一个理想。正是从这个意义上,我们说,《蒹葭》是一首美妙动人的哲理诗。

——摘自《伊人宛在水之湄》

哲学思维固然是高度抽象化、理性化的,但这并不意味着哲学与生活无关,它所研讨的都是一些纯粹思辨的问题。其实,哲学的抽象性主要是它的论证方式,而其关注的问题,应该像马克思所指出的,面对生活,面对人民,通俗易懂;哲学必须由天国下到尘世,面对各种现实问题。

——摘自《大风歌罢转苍凉》

随着视角的变化,问题与结论便会出现差异。如果从哲学角度看,封建帝王与创业功臣,这是相互依存又相互对立的一对矛盾体。一方的存在,是以另一方为依托的。但是,随着形势的发展变化,比如由打天下转为坐天下,由军事斗争转为内政治理,由开疆拓土转为立储交班,这对矛盾也会发生结构性的变化。作为矛盾的主导方面,君主也随之而实施相应的对策。这样,课题内蕴也就由哲学转化为政治学了。比较突出的事例,是汉高祖、明太祖的大肆屠戮功臣，很大程度上是鉴于年事已高，立足于为接班人清理障碍。当然，杀戮之外，也还有采取其他策略的，如汉光武帝和宋太祖，采用"不以功臣任职"，把他们收养起来的办法；而唐太宗则是继续起用。杀、养、用，大体上可以囊括封建王朝的"功臣政治"的策略与手段。

——摘自《功臣政治》

禅悟是心性的感受，它并非哲学，并非思想、学术，也不是思辨的推理认识；而是个体的直觉体验，所谓"如鱼饮水，冷暖自知"。就是说，要靠日常行事来体现，由生命体验来提升。

——摘自《心性触事而明》

哲人的生死观与生命哲学，充满诗性的审美的思辨，蕴含着庄禅的机锋玄邈的形上色彩。这里存在着偶然与必然的关系——佛家的"三轮"世界也好，俗世的"四大"形骸也好，同生命一样，都不过是偶然的有限的存在；而生是死前的一段过程，死去就是回归自然，回归永恒的家园，则是必然的不可移易的自然规律。而且，生不带来，死不带去，"纵有千年铁门限，终须一个土馒头"。旧籍里有一则韵语，讥讽那些贪得无厌，妄想独享人间富贵、占尽天下风流的暴君奸相："大抵四五千年，着甚来由发颠？假饶四海九州都是你的，逐日不过吃得半升米。日夜宦官女子守定，终久断送你这泼命。说甚公侯将相，只是这般模样；管甚宣葬敕葬，精魂已成魍魉。"相对于精神来说，形体不过是一件存储器；取之天地，返诸天地，万物死生均安处于天地的怀抱之中。

——摘自《生死观的诗性表达》

在古代诗文中，沙鸥总是被文人骚客作为主体感情或情结的外在表现，亦即所谓意象，纳入作品之中。那么，沙鸥代表着一种怎样的标格、气质、形象呢？概言之，就是逍遥自适、冷对世情、远离尘网、陶然忘机。这有流传广远的历代诗文可资鉴证。诸如："物我俱忘怀，可以狎鸥鸟"（江淹）；"久被浮名系，能无愧海鸥"（刘长卿）；"除却伴谈秋水外，野鸥何处更忘机"（陆龟蒙）；而抒发得最充分、最明确的，还是陆游以"鸥"为题的七绝："海上轻鸥何处寻，烟波万里信浮沉。今朝忽向船头见，消尽平生得丧心。"

——摘自《陶然忘机》

从艺术角度讲，要使"寻常物"成为"绝妙词"，有三个关节必不可少。

一曰敏感。这与"灵犀一点"是相通的，敏感才能在寻常生活、寻常景色、寻常事物中，捕捉到美的瞬间、美的意象，这就需要慧眼独具，即法国著名雕塑家罗丹所说的"善于发现美的眼睛"。

二曰解悟。不仅能够发人所未发，见人所未见，还须善于联想、发挥，由想象构成意象，由意象再到语言、声律，从而完成对于客观对象的微妙的心理加工。这在很大程度上，表现为《文心雕龙》中所说的神思："观山则情满于山，观海则意溢于海。""寂然凝虑，思接千载；悄然动容，视通万里。"

三曰功力。不独写诗为然，一切美好事物，都是"成如容易却艰辛"。俄国大画家列宾有一句反映切身体验的名言："灵感是对艰苦劳动的奖赏。"人脑，这个神奇的存储器，存储了客观世界的大量信息。随着思维活动的不断深化，信息的不断丰富，联系也日益紧密与连贯。这时如果受到某种激发和启迪，就会使存储的信息活跃起来，各种联系豁然贯通，迸发出灵感的火花，出现构思活动中质的飞跃。这种心理现象看似难以捉摸，其实，它的基础正是艺术家长期刻苦的生活实践与艺术实践。所谓"长期积累，偶然得之""得之在俄顷，积之在平日"。钱锺书先生有言："人性中皆有悟；必工夫不断，悟头始出。如石中皆有火，必敲击不已，火光始现。然得火不难，得火之后，须承之以艾，继之以油，然后火可不灭。故悟亦必继之以躬行力学。"

——摘自《重在解用》

就绘画来说，所谓神韵，很大程度上是讲神似，而非形似。东晋画家顾恺之认为，形神互相依存，离了形的神无法存在，而脱了神的形生机全无。但形似只是第一步，神似才是最高境界。苏轼的"论画以形似，见与儿童邻"，陈与义的"意足不求颜色似，前身相马九方皋"，讲述的都是同一道理。不仅描绘人物是这样的，对于山水画，袁枚也有类似观点。他说，不能拘泥于再现对象的形似，而应追求一种笼千山万水于笔下方寸之地的神似之美。当然，在他看来，"品画先神韵"，首先要强调的，还是真性情、真感受，这同他的诗论是一致的。

——摘自《神韵当先》

关于诗与性情，袁枚有大量论述，"诗，性情也""诗者，心之声也，性情所流露者也""提笔先须问性情""有必不解之情，而后有必不可朽之诗"。而在讲性情的同时，他还不忘强调"灵气""灵机""灵根"。对此，日本人铃木虎雄在《论性灵之说》中指出："性灵，盖取性情底灵妙的活用。"核心所在，是作诗要真实生动，灵动活脱；直抒怀抱，做肺腑之谈，不可装腔作势，切忌"假门假氏"，以致生机净尽，顿失本色。记得一位音乐评论家说过："一流阵容的唱片与三流演出的现场，选择哪一个？我当然要选择后者。"

——摘自《神韵当先》

禅意诗——不着痕迹地融入诗人对生命、生存、生活的一种直觉体悟。禅机禅理，只可意会，难以言传。铃木大拙有个形象的说法："当我举起手时，其中有禅；但是，当我说'我举起了手'时，便没有禅了。"禅意诗在禅意的表达上，更注重的是呈现，这种呈现是一种直接、直观的细节呈现；而哲理诗在哲理的表达上，更注重的是表现，着重反映作者对社会生活"刹那"富有诗情的内心体验和主观感受，带有较强的经验认知和主体意识。虽然也重视形象表达、意境营造，讲究理、象、情三者有机结合，但因大多是以我观物，总体更偏于理性和理趣，具有较为浓厚的理性色彩，"思"的痕迹较重。

——摘自《过来事怕从头想》

  人才的本质特征在于创造。失去了创新意识、创造精神，就谈不到成才。中国古代有一句话："凡作诗文者，宁可如野马，不可如疲驴。"做人亦须意气风发，思想奔放，当然，这是就精神状态和思维方式而言。思想奔放，并不是胡思乱想，也不是怀疑一切。

  同样也适用于阐释艺术创造精神。板桥道人有过这样一段话："掀天揭地之文，震电惊雷之字，呵神骂鬼之谈，无古无今之画，原不在寻常眼孔中也。未画以前，不立一格，既画以后，不留一格。"

——摘自《勇破成规》

  "人间万象模糊好"，这是艺术创造中普遍适用的一条经验。南朝文学家鲍照《舞鹤赋》中有"烟交雾凝，若无毛质"之句，展现在我们眼前的，是舞鹤的似有若无、"返虚入浑"的唯美境界。概言之，就是着意提倡一种朦胧之美。何谓朦胧？一般认为，是指模糊、虚幻、空灵、缥缈，若隐若现、若即若离的状态。而朦胧之美，是艺术家审美过程中的一种视角体验和心灵感受。

  落实到各种艺术门类，作为一种诗情画意的审美意境，古有"诗贵曲，画贵蓄，书贵藏，学贵悟"之说。音乐主张空灵飘逸，"余音绕梁，三日不绝"；诗词强调含蓄委婉、余韵悠然，"曲终人不见，江上数峰青""二十四桥仍在，波心荡，冷月无声"；书法重视气韵神采，"点划狼藉，使转纵横，乍显乍晦，若行若藏"（孙过庭语）；而表现最突出、活动天地最广阔的则是绘画，画家们在光色气雾、时空幻化中，在似与不似之间，在静与动、明与暗、虚与实、近与远的叠合、对比中，施其所长，尽其能事。今人徐悲鸿名画《漓江烟雨》，正极朦胧之妙。其他，如郑板桥画竹，似似非似；齐白石画虾，似真非真；黄胄画驴，似形非形。在他们的笔下，太阳是变形的，花草是奇异的，线条是扭曲的，意境是朦胧的。

——摘自《妙在模糊》

    读书、学习要独具只眼，张扬个性，要有自己独立的见解，不能随声附和，人云亦云。朱熹在解读《论语》中"吾道一以贯之"时，说道："后人只是想象说，正如矮人看戏一般，见前面人笑，他也笑，他虽眼不曾见，想必是好笑，便随他笑。"而朱熹所依据的，又是他的叔祖、文学家朱弁在《曲洧旧闻》中所言："秉笔之士所用故实，有淹贯所不究者，有蹈前人旧辙而不讨论所从来者，譬侏儒观戏，人笑亦笑，谓众人决不误我者，比比皆是也。"

    其实，古人对于这种群从趋同的日常习惯，特别是创作、批评中的缺乏创见、人云亦云、盲目跟风现象，一贯持批评态度，以至形成了与"矮人看戏"相近的许多成语。诸如"鹦鹉学舌"（宋·释道原《景德传灯录》："如鹦鹉只学人言，不得人意。"），"拾人牙慧"（比喻拾取别人的一言半语当作自己的话，东晋时殷浩说他外甥："康伯连我牙齿后面的污垢还没有得到，就自以为了不起。"），"一犬吠形，百犬吠声"（东汉·王符《潜夫论·贤难》说，一只狗叫，许多狗闻声也跟着叫，形容一些人不辨虚实、真伪，随声附和，盲目跟从），等等。

——摘自《切忌人云亦云》

    客观事物的人格化与主体情感的客体化的统一，为诗人运用比喻、联想、想象等手法，创造了有利条件。在诗人的笔下，不仅所呼唤的社会，是体现着诗人情感、意向的新的形态的社会，而且，连带着自然界，也是

王充闾先生智语

脱离了那种原生态的与人类毫不相关的天然形态，同样具有人的情感、人的意愿，成为经过有意识地改造、加工的人化自然。"人化自然"一词，是马克思论述人与自然的关系时所使用的术语，指的是人类活动改变了的自然界。在人类社会的发展进程中，随着人的本质力量以体力和智力形式对象化于其中，自然界也在越来越广泛的意义上，实现自然的人化，成为人化自然，形成人工生态系统，形成依人的意愿而变革的自然环境。

——摘自《社会新亦的期待》

写作乃如大洋中的冰山，文字只是冰山的一角，留给读者联想的未写出来的"留白"部分却有八分之七。

——摘自为吉林大学师生做的报告《如何写思辨性散文》

第四部分 含英咀华

引古可以鉴今。

——摘自《自荐》

历史与文学是人类的记忆，又是现实人生具有超越意义的幻想的起点。只有在那里，人类才有了漫长的存活经历，逝去的事件才能在回忆中获得一种当时并不具备的意义，成为我们当代人起锚的港湾。

——摘自《千古兴亡百年　悲笑一时登览》

历史的脚步永不停歇，每日每时都迎来无量数的新事物，又把种种旧的事端沉埋下去。

——摘自《千古兴亡百年　悲笑一时登览》

历史是一座取之不尽、用之不竭的精神富矿。

——摘自《事是风云人是月》

历史以人物为中心，历史是人的实践活动在时间中的展开。是人创造并书写了历史。

——摘自《事是风云人是月》

读史，主要是要读人，而读人重在通心。

——摘自《事是风云人是月》

读史，使头脑开窍，在实现知识积累的同时，获取了无限丰富的政治智慧、人生智慧。

——摘自《事是风云人是月》

《庄子》是古代散文的标杆，从它身上（包括庄子传记）做文章，有代表性、说服力。

——摘自《致王向峰》

历史意识或者历史本身，具有独特的社会功能与精神价值。知晓历史，敬畏历史，这是造就现代公民素养的必要前提。

——摘自《要有一点书卷气》

学史有益于陶冶情操，铸造人格，增强现代人的历史责任感，判别何为从个人角度，读书、励学，是健康成长的助推器、发展前进的导航针，直接影响到自身的品格修养和精神境界；往大处说，关系到整个民族的素质与活力，关系到一个国家的盛衰、兴替。

——摘自《要有一点书卷气》

一部科学技术史，就是一部发明创造史。

——摘自《切忌随人脚后行》

哲学与诗，作为人类智慧的结晶，都是创造力的产物，它们以不同形式，共同诠释生命、彰显个性、演绎人生。历史上，真正伟大的哲学家，无不重视对艺术中的美的体验，其本体往往是诗性化的；而且，他们的哲学著作大都富于直觉的体悟，具有想象性、形象化与鲜明的个性色彩，有的还颇具浪漫的激情和狂恣的幻想。

——摘自《逍遥游》

历史留存着人类以往一切活动与成就的记录，使它们不致因时空条件的限制而趋于消逝；但是，时空的限界毕竟又造成所有个体生命的割断、隔绝与消逝，迫使人们的情志需求有很大一部分归于落空，也使人类在宇宙中自觉的地位与作用受到局限与压缩。因此，我们说，时空条件本身，就给予人一分难喻的怆怀。

——摘自《千古兴亡百年　悲笑一时登览》

历史上，天才思想家有两种类型：一类犹如北斗之类的恒星，终古如斯，照临着遥夜；一类像划破夜空的流星，冲入大气层之后，在剧烈的摩擦中发出耀眼的光华，倏忽消逝。庄子无疑属于前一类。

——摘自《逍遥游》

庄子哲学对于文士的精神导引、心灵抚慰作用，正是在儒道互补与对立的"张力场"中大显身手的。作为中国文化发展的基本线索之一，它在历代知识分子的精神世界中，与孔孟之道同生共长，相互呼应，或交替，或交锋，或交错，或交融，时隐时现，忽断忽续，一直发挥着重要的影响作用。

——摘自《逍遥游》

《庄子》是失意者的《圣经》。它告诉人们，可以采取另一种方式活下去，可以从另一种视角看待问题、观察事物。

——摘自《逍遥游》

在"道"的世界里，事物是齐一的，并无本质的差别。而且，世间万事万物，都处在不断变化与流转之中；人生的种种际遇，都是相比较而存在的，视角不同，衡量标准有异，情况、状态就会随之而发生变化。

——摘自《逍遥游》

崇尚自然，回归自然，顺应自然，这是庄子哲学的一个核心理念。这个"自然"应该是广义的，既指本真的自然界，也涵盖自然境界，并具有本性、本然、本根的内蕴。

——摘自《逍遥游》

道好还，施无不报。于今，人类已经踏上了追逐财富、贪得无厌、肆意掠夺的不归路，其后果是在"人化"自然的过程中，也"物化"了自己，"醉中忘却来时路""反认他乡是故乡"。

——摘自《逍遥游》

在人类的历史长河中，那些发生在过去的时段，曾经被所谓"相斫书"或"断烂朝报"所大书特书的人和事，无论其为王朝递遭、列国争锋，还是祸起萧墙、沙场喋血，都在终古如斯的时序迁流中，随着历史帷幕的落下，统统地收场了，除了一抹斜阳落照，几块断碣残碑，任何影子也没有留下，后世之人早已淡忘如遗。可是，人类文明史上的伟大智者，关于社会、自然、人生、人性、心灵、命运等课题的思考与阐释，却仍然像磁石一般，强有力地吸引着千秋万代的来人。庄子乃其佼佼者。

——摘自《逍遥游》

悲剧意识包含在生命的本质之中，是生命意识觉醒的反映，体现了人类的生命自觉。因此，对于庄子的悲观思想、悲剧意识，不能认为是什么"没落阶级思想情绪的表现"；应该看作是面对广大民众特别是读书士子在社会变革时期遭受到空前未有的灾难而又找不到出路的一种苦闷的象征，一种困惑情绪的映射。

——摘自《逍遥游》

无分中外古今，基本上可以肯定，哲学家成就不了出色的政治家。哲学家所拥有的，是一颗整天都在思索问题的无比沉重的大脑，一颗时刻都在滴血的敏感的心灵，他们把灵魂受难看成是精神享受；他们可以有洞见，有卓识；有妙赏，有深情，却缺乏政治家所断不可少的运筹帷幄的韬略、指挥若定的魄力，更不谙熟戡天役物、覆雨翻云的手段。

——摘自《逍遥游》

在中国古代思想史上，庄子率先提出了人的自由问题；他把自由精神作为生命的最高准则，看得高于一切，重于一切。

——摘自《逍遥游》

庄子是从哲学层面上提出问题的，认为自由是一种精神方面的感受与追求，那种自由境界，是一种主客观之间无任何对立与冲突的精神状态，是一种无任何牵系与负累的超然心境，首先体现在"逍遥游"上。

——摘自《逍遥游》

庄子站在时代的制高点上，俯瞰世间种种沧桑变化，以天才思想家的高度敏感性，感时伤世，最早地揭示了"人为物役""心为形役"这种生命存在的悲剧现象，开启了两千年后一些西方哲人关于"人的异化"思想的先河。我们阅读西方现当代一些哲学家、文学家的著作，常常感到庄子的在场。

——摘自《逍遥游》

庄子的隐居闲处，又不完全等同于一般意义上的隐者。他既无意于像儒家那样积极入世，不想卷入险恶的政治旋涡，就是说，不属于"有所待者"；也并不主张遁迹山林，逃避社会，远离人群；而是采取"顺世""游世""间世"的态度——既不完全脱开，又能拉开距离，处于"逍遥游"的人生理想境界。

——摘自《逍遥游》

庄子之所以"不愿服官，更不肯叩头"，一贯地洁身自好，是由于他秉持着一种超越凡俗的处世哲学。在他看来，只要能够奉行虚静的自然之理，就"可以保身，可以全生，可以养亲，可以尽年"。

——摘自《逍遥游》

在对待人生的态度方面，如果以初级算术来设喻，那么，在中国历史上，大致可以找到三种类型的人物：一类人兢兢以求，无时或止，专门使用加法；一类人安时处顺，善用减法；还有一类人，加法、减法混合用，有的前半生用的是加法，后来跌了跟头、吃了苦头，红尘觉悟，改用减法。

——摘自《逍遥游》

"功成身退"，原本是自然界的极为普遍、极为正常的现象。日月经天，昼出夜没，寒来暑往，秋去冬来，都是在时序交接中悄然退去，毫无恋栈、迟回之态；草木花卉，鸟兽虫鱼，在完结了生存使命之后，也都是默默无言地陨落了、消逝了，了无留意。唯有人，对于死，心有不甘，永远想在不可能把握中冀求把握，在不可能永久占有中贪图占有。

——摘自《逍遥游》

庄子说明，常人以为苦的，他并不看作是苦；而世俗以为快乐、幸福的，诸如物质的充盈、欲望的满足、官能的享受，等等，他却视之为身外的负担，人生的重累，性命的桎梏，只会导致人性的异化，本根的丧失。

——摘自《逍遥游》

佛禅讲究"放下"。何为"放下"？就是凡事放得开，不计较。"放下"不是放弃，任何东西都不要，而是要有所选择，放弃多余之物，卸掉背上沉重的负担，不能贪得无厌，像小虫蝜蝂那样，见到什么东西都要攫取过来，驮在背上。"放下"，既是一种解脱的心态，豁达的修为，更是一种人生智慧。

——摘自《逍遥游》

庄子的做减法，绝不仅仅是着眼于是否需要问题，根本出发点是"虚而待物"，悟道存真，关键体现在一个"忘"字上。

——摘自《逍遥游》

庄子的思想博大精深，从不拘限于"芥豆之微""秋毫之末"，但他并不抹杀细微的分辨；强调既应从整体的立场观察事理，又须注意从各个角度做全面、细致的透视，以避免"自大视细者不明"的弊端。

——摘自《逍遥游》

以道观天下，就能摆脱任何束缚，采取新的视角，放弃蜩与学鸠式的浅薄的嘲笑态度，破除井蛙式的"拘墟之见"，换上一种全新的思维方式。

——摘自《逍遥游》

万事万物时刻都在变化，盈虚消长，周而复始，无时或息，所以，我们必须顺时应变，一切本于自然，与道相通、相契，而不相互龃龉。

——摘自《逍遥游》

哲学研索本身，原是一种视角或曰立足点的选择，视角与立足点不同，阐释出来的道理就判然有异。视角和眼光是联系着的。

——摘自《逍遥游》

如果"以道观之"，世间许多认识都会随之而变化，不要说各种社会事物、文化现象，就连自然界也莫不如此。

——摘自《逍遥游》

庄子的特异之处，还在于他特别擅长把某些生活经验、生命体验和所要表达的"道"，巧妙地糅合到一起，然后以讲故事的形式把它生动地描绘出来，使你难以把形象和哲理截然分割开来。

——摘自《逍遥游》

在庄子看来，生命应以自然的方式存在，既不伪饰造作，更不逐求身外之物，始终保持一颗平常心，维护生命本色。可是，世人由于观念里附加上了种种社会意识，诸如伦理观、名利欲、虚荣心等等世俗的挂碍、功利的束缚，这样，就"以物易其性"，导致人性的异化。

——摘自《逍遥游》

庄子思想深邃，才气纵横，视野开阔，且又浮云富贵，粪土王侯，无论在精神追求、生命格调、生活情趣哪个方面，都超拔于凡尘浊世。这样一来，就面临着一个知音难觅、曲高和寡的问题。

——摘自《逍遥游》

智慧的火花只有在碰撞、敲击中才能闪现。学术发展进程中，如果没有对立面，也就失去了激活的动力，无法使各自的论说更趋充分、缜密和完善，直至促进思辨的深化。

——摘自《逍遥游》

一般的都以为，眼前可以把握的东西，对自己才是有用的；殊不知，有用与无用，是相对应而言的，不应该把它绝对化。

——摘自《逍遥游》

情趣的产生，原是物我交感、共鸣的结果。在庄子那里，实现了人生艺术化，逍遥游世，心境悠然，万象澄明，一无挂碍，目之所接，意之所想，无不充满情趣，内则孕育着一己的怡然心态，外则映现着自然的无穷逸趣，于是，流水、游鱼虚灵化了，也情致化了，情感化了。

——摘自《逍遥游》

有了通感，人与人之间的心灵沟通，人与物之间的冥然契合，才会成为可能；而通过移情，艺术家亦可借助于感应、经验来认知外物，同时又把自己的情感移植到外物身上，使外物也仿佛具备同样的情感。

——摘自《逍遥游》

中国古代有"从游"之说，意为老师教学生，不用教案，不用照本宣科，而是像海里的大鱼领着一队小鱼从容地游泳。

——摘自《逍遥游》

道家的传承，着眼在一个"悟"字上，这一点有些类似后世的禅宗。它的路径，主要是强调依靠自己去领悟、去体验、去发现，而并不看重逻辑分析与知识传授。

——摘自《逍遥游》

道，本来就不是琐屑的行为；德，本来就不是细微的认识。细微的认识会伤害德，琐屑的行为会伤害道。所以说，只要立身端正就可以了。保存内心纯朴的天性，叫作快意自适，也就是得志。

——摘自《逍遥游》

古人所说的得志，不是指高官厚禄，富贵显达，而是指保全纯粹充实的天性，这样，心中的快乐就无以复加了。现在所谓得志，乃是指高官厚禄。高官厚禄加在身上，并非性命固有的东西，而是外物偶然的寄托。寄托的东西，来了不能抗拒，去了也无法阻止。认清了这一点，就能够做到：不因富贵荣华而放纵心志，不因穷困潦倒而趋附世俗；身处显达与身处困穷，其乐相同，所以没有忧愁、挂虑。

——摘自《逍遥游》

"心斋"与"坐忘"，是庄子思想中关于心性修养的基本范畴，其修养历程是由外而内，层层递进，实行内省，主要内涵是虚静空明，终极目标是与道合一。

——摘自《逍遥游》

  道也好，哲学也好，如果它是可说、可闻、可见的，能够体悟的，那就必然来源于现实生活，植根于客观实践，不可能脱离具体的事物而悬空浮置；而且，可以通过喻象性的方式，通过对具体事物的描绘加以解释。庄子的哲学就正是这样，因此，把它称为生活的哲学。

——摘自《逍遥游》

  在道的面前，无所谓大小，一粒菜籽的内蕴，可以同须弥山一样大，所以，佛经中才有"纳须弥于芥子"的说法。

——摘自《逍遥游》

  要"回归于朴"，必须剔除仁义的伪饰，去掉智巧的较量，提倡恬淡无为的社会观、自然观，反对虚伪，突出本真，除掉人为、矫饰、欺诈、做作，让天地万物本真地存在，让人本真地生活，这才是最美好的、最健康的生存境界。

——摘自《逍遥游》

  对于大自然无意识而合目的、合规律运动的诗意体察，是庄子道的来源之一。在庄子思想中，渗透着强烈的自然崇拜意识，他所重视的乃是道的自然性与自发性；他推翻了神创造说与主宰说，他把世界看成是自然地存在与运行，不使其坠入宗教的神论中。这在人类思想史上迈进了一大步。

——摘自《逍遥游》

  庄子的基本观点是，天人合一，人与自然是息息相关而不可分割的整体；因此，必须摆脱以人为中心的价值观局限；人的行为必须本乎自然；人与自然应该和谐相处。他强调人要与自然融为一体，把自己托付给大自然，融身于大自然。

——摘自《逍遥游》

人来于自然，最后归于自然，人死不过是结束在社会上短暂的流浪，而回到宁静的自然这一永恒的家。为人类心灵找到一条回家的路，这就是庄子美学的精髓和魅力。

——摘自《逍遥游》

庄子之"道"落实到社会生活，落实到处人、处己、处世上，形成了第三张面孔，这就是游世的心态。

——摘自《逍遥游》

庄子的心态是超脱的。童心，天放。他能够品味寂静，消解孤独，随遇而安。他并不主张完全脱离现实、遁入山林、隔绝世界；而是要在现实生活中保持超脱的境界，也就是所谓游世。这种游世，介乎出世与入世之间，是一种超越世俗、超越物累的大自由、大自在的境界。他能够做到，得意时不忘形，失意时不失志，冷眼看待得失，等量观察荣辱。

——摘自《逍遥游》

看来，逍遥、游世，既是一种人生态度，价值取向，也体现了一种生命境界。它的本质，无疑是坚守孤独、清净，以至冷漠、困穷，断然拒绝与现实世界同流合污。

——摘自《逍遥游》

解读先哲的一个便捷方式，是从人性的角度切入，把着眼点放在心性上。庄子的心灵世界极度复杂。他是相当孤独的——凡是先知和大智慧者都是孤独的,因为他们的神理过于高妙,不能为一般人所理解,其智不可及,其"愚"尤不可及。

——摘自《逍遥游》

我们要真正读解《庄子》,除了动脑子思索,还必须借助人生阅历、生命体验,形成开阔的精神空间和深邃的审美意境,以期达致读者与作者之间情感的疏通和精神的契合。

——摘自《逍遥游》

读《庄子》在于心灵介入,无诉诸口,而应诉诸心,要有心境的契合、灵魂的对接。

——摘自《逍遥游》

美源于道;而道作为一种无意识、无目的,却又合于目的的精神主体,回过头来,又成了美的本质所在。在庄子那里,道是美的灵魂、美的归宿,美是道的丰标、道的至境。庄子的美学,在内由道而生发,又围绕着道来向外展开。思想、意象也好,灵感、激情也好,一经成为美的感受对象,便都是道的外化。物我一体,心与道冥,泯灭自我,与道为一。

——摘自《逍遥游》

人,是需要理由的动物。面对一些难解的悖论——庄子称之为"吊诡",不找出具有一定说服力的答案来,心里觉着憋得难受。

——摘自《逍遥游》

"正言若反"也好,吊诡、悖论也好,它们并不牵涉对错问题,不在于提供知识、经验;而是作为一种思维方式、语言艺术与话语策略,最终归结到智慧层面上。

——摘自《逍遥游》

　　《庄子》是先秦时期一部精妙绝伦的哲学名著，又是一本泽流万世、传之无穷的文学精品。

——摘自《逍遥游》

　　我们完全可以把《庄子》一书，看作是以庄子思想为主的一部具有完整体系的道家专著，而不必对书篇作者为谁去做茫无结果的烦琐考证。

——摘自《逍遥游》

　　《庄子》一书实现了哲思与诗性的完美融合，达到了文章的极致。

——摘自《逍遥游》

　　通过哲与诗的联姻，使文学的青春笑靥给冷峻、庄严的哲思老人插上飞翔的翅膀，带来欢愉、生机与美感，灌注想象力与激情；而穿透时空、阅尽沧桑的哲学慧眼，又能使文学靓女获取晨钟暮鼓般的启示，在美学价值之上平添一种巨大的心灵撞击力，引发人们把对世事的流连变成深沉的追寻，通过凝重而略带几许苍凉的反思与叩问，加深对人生的认识和理解。正是从这个意义上，我们说，读《庄子》是一种惬意的、美妙的艺术享受。

——摘自《逍遥游》

　　《庄子》的卓越成就和特殊的影响力，固然源于它的深刻性、超越性的思想蕴意，但其思维方式、述学方法、表意方式与语言形式，同样具有不可忽视的作用。

——摘自《逍遥游》

王充闾先生智语

作为一部杰出的哲学著作,庄子圆融娴熟地驾驭和掌握了整个理论大厦的基石——哲学范畴,从而把这座哲学理论大厦建造得至为和谐、严谨,而且美轮美奂、曼妙壮观。通过范畴的创设与运用,使其独具特色的理论形态和表述方式得以充分发挥,完美地展现了它的无比丰厚的理论蕴意,体现了闳阔的精神视野、严密的思维能力、敏锐深邃的洞察力和峻刻入微的批判锋芒。

——摘自《逍遥游》

我们要探索处于人类智慧的巅峰地位的庄子的哲学思想、艺术精神,自然也应该到他的"前一代的智慧状态",亦即属于人类思想史、学术史范畴的思想文化渊源中,去钩沉索隐,探赜发微。

——摘自《逍遥游》

从文学发生学的角度来探索,无分中外古今,几乎所有文学名著都和民俗生活存在着千丝万缕的联系,像中国的《水浒传》《红楼梦》,英国的莎士比亚名剧,法国的巴尔扎克和雨果的小说,乃其尤者。《庄子》作为古代文学经典,更不例外,大量的楚地原始民风民俗,都在书中得到了充分反映。

——摘自《逍遥游》

至于体道的路径,老、庄则存在着明显的差异。老子之道着眼于入世,谈的多是入世之道;庄子之道更多的是思考人生,纵谈性命,着眼于精神自由,思想解放。老子是以哲人的身份、超然的视角来论道的——他侧重于论说,侧重于逻辑思辨,侧重于理论的分析与阐述;庄子更多的是生命的悟入,是从精神层面上来体道、悟道,表现为一种人生追求、生命境界。庄子的取径,主要是依靠生命体验而并非诉诸客观认知。

——摘自《逍遥游》

真正的哲学家，能够站在宇宙的、社会的角度看问题，视野开阔，心胸宽广，有一定的思想高度，看问题深远，凡事看得开，一般不计较个人得失，不为小事所羁绊。活得洒脱，自然长寿。庄子就正是这样。

——摘自《逍遥游》

庄子的人生，是超拔、解脱的人生，又是"游于世而不僻"的人生。所谓游于世而不僻，是指他既不脱离现世，像禅门衲子那样，完全跳出红尘之外，又不执着于浮情，汲汲于名利，一切都斤斤计较，将整个生命投入到物欲追逐、俗世纷争中去；而是保持一种不即不离、不黏不脱的悠游状态。

——摘自《逍遥游》

一部庄学发展史表明，自秦汉以迄近现代，庄子的思想、精神，在整个中华民族的文化长河中，举凡哲学、美学、文学艺术，以及读书士子的人格心理、心性修炼、道路抉择、文化生成等各个方面，无不显现其硕大的身姿，产生深刻的影响。

——摘自《逍遥游》

天才人物总要为他们的超越时代而付出沉重的代价。庄子的悲哀，也正在于他的著作"解味"者不多，未能得到世人充分的、足够的理解，以至于长时期地遭到冷落，无人问津；后来的情况是，出于不同需要、不同考虑，被扭曲，被肢解，被利用，被改造。

——摘自《逍遥游》

中国被庄子引入了文学道路，文学变成了一件民族的事业。大批大批的诗人、作家、艺术家出现在中国大地上，就像用魔法呼唤出来的一样。

——摘自《逍遥游》

两千多年来，庄子思想精神已经溶入中国传统的生活方式、生活习性、民间信仰、文化爱好之中，形成了丰厚的传统文化积淀，成为民俗民风的重要组成部分。

——摘自《逍遥游》

正因得益于庄子的"逍遥""齐物"之论，寻找到了精神的伊甸园、灾难的遁逃薮，苏轼的精神世界才能那么超拔、洒脱，心境才能那么旷远、达观。

——摘自《逍遥游》

吟诵着这林林总总的咏庄诗篇，宛如出席一场以庄子其人其书为中心课题的诗词研讨会。这个别开生面的"研讨会"，跨越时间地域，泯除种种界隔，规模盛大、广泛。与"会"者既有大批顶尖的以至世界级的诗人、文学家，也有历朝历代的一些达官显宦、名流学者和普通的读书士子。时间自魏晋、六朝、唐宋以迄清末民初，历时一千七八百年。

——摘自《逍遥游》

我读历史所得的启示，发觉世间最有权威的人，是学术最为渊博的人。没有学术，不足以治人。或者说，世间唯一可以治人者，唯学术而已矣！

——摘自《成功的失败者》

饱蘸历史的浓墨，在现实风景线的画布上着意点染与挥洒，使自然景观烙上强烈的社会、人文印迹，可以把游观者带进悠悠不尽的历史时空里，有助于他们从较深层面上，增强对现实风物、自然景观的鉴赏力和审美感。

——摘自《生命的承诺》

历史总的趋势是后来者居上，但在有的方面，也未可断言今人的见识就一定胜过古人。

——摘自《依旧长桥》

历史的影子总要打在现实上，对于历史的叙述与解释，必然带有叙述主体的选择、判断的痕迹。由于历史的认识是一种追溯性的，它不能回避也无法拒绝后人的当代阐释。

——摘自《终古凝眉》

读史，也是一种今人与古人的灵魂的撞击，心灵的对接。俗话说，"看三国掉眼泪——替古人担忧"。这种"替古人担忧"，其实正是读者的一种积极参与和介入，而并非以一个冷眼旁观者的姿态出现。它既是今人对于古人的叩访、审视、驳诘、清算，反过来也是逝者对于现今还活着的人的灵魂的拷问，拉着他们站在历史这面镜子前照鉴各自的面目。在这种重新演绎人生的双向心路历程中，如果每个读者都能做到不仅用大脑，还能用心灵，切实深入到人性的深处，灵魂的底层，渗透进生命的体悟，恐怕就不会感到那么超脱，那么轻松，那么从容自在了。

——摘自《灵魂的拷问》

古代的隐逸之士为了逃避世俗的纷扰，总要寄身于远离市廛的江湖草野，或者栖隐在山林岩穴之中，过着一种主动摒弃社会文明的原始化、贫困化的经济物质生活，自然难免饥寒冻馁之苦。

——摘自《忍把浮名换钓丝》

君臣本身就是一对矛盾，它的性质与利害关系决定了最后必然导致冲突的爆发。而且，封建君主的独裁专制也容不得臣子的人格独立与个性自由。

——摘自《忍把浮名换钓丝》

面对社会动乱、政治黑暗、忧患频仍的现实,当一些仁人志士舍身纾难、拼力抗争之时,他们却置身尘外,不预世事,彻底卸去两肩责任,一味考虑保性全身,追求生命的怡悦。虽然,较之同流合污甚至助桀为虐、为虎作伥者高洁得多,但是,终归难免"无补于世"之讥。

——摘自《忍把浮名换钓丝》

《三国演义》的故事、人物,特别是(貂蝉)作为"中国四大美女"之一的光彩夺目的形象,从小说、戏曲、电影到电视剧,早已深入人心,可以说,每一个人心中都有一个活灵活现、美貌绝伦的貂蝉,要多漂亮有多漂亮,要多可爱有多可爱。"曾经沧海难为水,除却巫山不是云"。任何画像、图解,弄得不好,都会成为蹩脚、无谓的赘余。

——摘自《貂蝉趣话》

如果说,历史是过程的集合体,那么,作为联结社会交往的中介的文化,则是这些历史过程的符号,是人类创造的具有象征意义的符号总和。

——摘自《邯郸道上》

在中国传统文化中,尽管儒家文化长期以来一直占据主宰地位,但是,中国文化从来都不是一色清纯的单维存在。道家文化在人生与艺术的天地中,始终与儒家文化争奇斗异,各领风骚,在铸造民族气质、精神、性格和模塑人的思维方式、智力结构、文化心态方面,各有其不可代替的作用。

——摘自《邯郸道上》

儒、道这两种角色体系,虽然迥然不同,却并非互不相容和彻底分裂的,二者经常出现相反相成的互补现象。

——摘自《邯郸道上》

文物，是特定历史时代留下的文化记录，是无可代替、不能再造的。比如，南禅寺、佛光寺那两座称雄世界的唐代的大殿，那座构思奇巧的悬空寺，云冈石窟这些精美绝伦的佛像石雕，还有应县的木塔、代县的雁门古塞，坍塌了便不能扶起，毁坏了也无法再造。因为，重新扶立起来便被视作重修，而复制品或可称为艺术，但它们绝对不是文物。

——摘自《劫后遗珠》

　　历史老人和时间少女一样，都是人类自觉地存在的基本方式，是随处可见，无所不在的。

——摘自《说不尽的历史话题》

　　一切历史话题也都存在着历史活动者意向与历史解释者意向两个界面。前者通称史实，后者属于史学、史观的范畴。由于历史的叙述是一种追溯性认识，是从事后着手，从发展过程完成的结果开始的，因而人们不能回避也无法拒绝对于历史的当代阐释。这种当代阐释必然要印上叙述者思考的轨迹，留下记述主体、研究主体剪裁、选择、判断的凿痕。

——摘自《说不尽的历史话题》

　　在中国历史上，由于朝廷的政策失误，边疆游牧民族历来都给中原的统治政权造成强大的威胁；唯独清代，对边疆民族不是单纯施行征伐与和亲的两手，而是采取"因其教不易其俗""因俗习为治"和皇权高于教权的政策、策略，从而取得了巨大成功，在全国形成了以清帝为中心的满、汉、蒙、藏、回各族上层联合的封建专制统治。

——摘自《锤峰影里的兴亡碎语》

　　《南史》本传记载，陶潜"躬耕自食""偃卧瘠馁有日矣"，江州刺史檀道济亲自前往探问，劝他出仕，不要"自苦如此"，而他却以"志不及也"作答。临走时，檀道济馈以粱肉，也被他挥手谢绝了。看得出来，陶潜的归隐，既出于向往自然的本性，更有逃逸人世、明哲保身的考虑。他的饥寒交迫的困境和远离官场、避之唯恐不远的心态，在历代诗人、文士中，也是十分典型的。

——摘自《此心自在悠然》

礼，是孔子思想中的重要内容，孔子希望能建立一个理想的礼治社会，提倡"克己复礼"。但孔子讲礼，能够从实际出发，并不像后世理学家那样，拘泥固执。

——摘自《孔子，在我心中》

"战国从（纵）横，真伪纷争，诸子之言纷然淆乱。"那些奋逞口舌的辩士，为了"播其声""扬其道""释其理"，以打动"时君世主"、击败对方，创造、发展了一种思想直接交锋的话语方式，即后世所说的"辩对文化"。其功能至强，作用至大，所谓"一人之辩，重于九鼎之宝；三寸之舌，强于百万之师"。而形式则多种多样，或论证，或驳诘；或设喻取譬，或引经据典；或从个别事物推演普遍性的结论，或通过阐释普遍原理而引发新知。不管采取何种形式，运用逻辑思维、通晓世事人情、娴熟语言技巧，都是必不可少的。

——摘自《失去对手的悲凉》

读史，贵在通心。未通古人之心，焉知古代之史？"理解才是历史研究的指路明灯"（法国史学家布洛赫语）。通心，首先应能设身处地地加以体察，也就是要把历史人物放在当时当地的历史情境中去进行查核。南宋思想家吕祖谦有言："观史如身在其中，见事之利害，时之祸患，必掩卷自思，使我遇此等事，当作何处之。"研究历史的朋友都知道，苛责前人，率意做出评判，要比感同身受地理解前人容易得多。而换位思考，理解前人，却是一切治史以及读史者所必不可缺的。

——摘自《文宗求仕》

《周易》不仅属于中国，也是世界的，不仅属于古代，也昭示着现代和未来，被誉为"科学皇冠上的明珠""解读宇宙人生密码的宝典"。冯友兰先生说："《周易》是一部辩证的宇宙代数学。"黑格尔老人说："《易经》代表了中国人的智慧。"瑞士哲学家荣格也说："谈到世界人类唯一的智慧宝典，首推中国的《易经》。在科学方面，我们所得出的定律，常常是短命的，或被后来的事实所推翻，唯独中国的《易经》，亘古常新。"历代学者对于《周易》，考证、训诂、论辩，流派纷呈，总共留下了三千多部著作。数量之大，在古籍中大约可以拔头筹了。

——摘自《〈周易〉的六大基本理念》

作为最古老的阐发人与自然、社会关系，察万物之情有、究天人之际的《周易》一书，充分显现出视整个宇宙为一大的生命系统，视人与自然为一整体的生态伦理思想，而把天人合德看成是最高境界。这一生态伦理思想，正确地表达了人与自然、人与社会的关系，是中国哲学对于世界的重大贡献。

——摘自《〈周易〉的六大基本理念》

古代诗人隔空对话，互相问难、辩论。唐代诗人杜牧有一首名诗："无媒径路草萧萧，自古云林远市朝。公道世间唯白发，贵人头上不曾饶。"无媒：没有引荐的人，比喻进身无路。云林：高耸入云的山林，这里指隐者遁迹之地。市朝：争名逐利的市场、官场。前两句从隐者的住所环境与生活境遇着墨，说由于没有人汲引，你只好遁迹云林，远离追名逐利、争权夺势的市场、官场，结果门庭冷落，径路上杂草丛生。表达了诗人景慕隐者和慨叹世情的鲜明态度。诗人充分理解隐者的胸襟怀抱，他与隐者灵犀相通，命运与共，对人世、对社会有着相同的见解。正是在此基础上，才引申出后两句议论，也可以说是不平之鸣。三四两句说，世间最公道的事，就是任何人到了老年都要生长白发（可以扩展为生老病死），贩夫走卒也好，王侯将相也好，谁也没有例外。这里的关键，也可以说是机锋，是这个"唯"字。何者为"唯"？独此一样，别无其他。言下之意，除了白发，人世间再没有任何公道可言了。含蓄蕴藉，笔力千钧。对于社会的不公正，诗人做了深刻的揭露和有力的批判，是对当时整个社会现实的无情鞭挞。杜牧关于白发的说法，似乎无懈可击；但是，清代诗人翁志琦写道："朝来揽明镜，白发感蹉跎。毕竟无公道，愁人鬓畔多。"诗人说，早晨起来，手拿着镜子一照，眼见自己两鬓已经霜白，深感岁月蹉跎，光阴虚度。唐人杜牧说，"公道世间唯白发，贵人头上不曾饶"，其实是不确的，毕竟还是穷愁之人白发多，哪里存在什么公道！

——摘自《古代哲理诗赏评》

文化，是一个民族的根脉、血脉与命脉，是人民大众的精神家园。纵览人类文明发展史，中华文化拥有独一无二的理念、智慧、气度、神韵，在中国人民和中华民族内心深处，增添了高度的自信和无比的自豪。在这里，思想理念是骨骼，传统美德是经络，人文精神是血肉，共同构成了优秀传统文化的有机统一体。

——摘自《中华传统文化与国学》

中华传统文化，从学理上讲，有儒、道、释三大支柱。儒、道是本土的，在中国最先产生；东汉以后，中经魏晋南北朝与隋唐，佛教传入、传播，形成三足鼎立的局面。作为中华传统人生智慧，儒、道、释相生相发，相辅相成。儒家讲求入世进取，强调刚健有为，志在修身齐家治国平天下，以天下为己任；道家讲究精神超脱，道法自然，安时处顺，无为而治，以柔克刚，以静制动。二者交融互济，看似对立，实则互补。佛家讲究出世，强调万物皆空，排除干扰，化烦恼为菩提，淡泊名利，"放下为上"。这在当下，也不无劝诫意义。三者互为作用，形成相反相成的机制。从前有个说法："以儒治世，以道治身，以佛治心。"（南宋孝宗的话）大致反映了它们的特点。

——摘自《中华传统文化与国学》

民族精神的传承，是靠固有的文化来体现的。国学是这种精神文化的重要载体。何谓"国学"？它是相对于"西学""新学"而言的，清代末叶，欧美学术进入中国，人们便把中国固有的学问称为"国学"。顾名思义，所谓国学，就是本国固有的学术，一般是指以儒学为主体的中华传统文化与学术。

——摘自《中华传统文化与国学》

在先秦诸子中，划分清楚儒家和道家的基本理念。儒家看重人和社会的关系，重视调适协作，强调社会责任，习惯以共性（用现在的话说，叫团队意识或团队精神）为前提，它强调的是有为。道家，强调人的内部自身协调，强调人与自然的关系，揭示宇宙万物的规律，提倡从更高的层次上认识宇宙、看待事物，以提高心灵境界为前提，强调无为。

——摘自《中华传统文化与国学》

儒家思想体系充分体现在《大学》所讲的"格物、致知、诚意、正心、修身、齐家、治国、平天下"八项之中，概括起来就是：究天人之际，明修身之道，述治国方略，求天下为公，最终实现天人和谐的境界，即从哲学的高度认识宇宙，以伦理准则规范人生，落实到治国平天下，最终实现天人和谐。

——摘自《中华传统文化与国学》

关于道家的划分。我们把道家的两大代表人物，并称为"老庄"，这没有问题，因为他们总体上的认识是一致的；但二者仍然存在着明显的差异。论者指出，老子以道入世，谈的是入世之道；庄子之道更多的是思考人生的自由。老子以哲人的身份论道，侧重于思辨和理论分析；庄子更多的是悟，也就是依靠生命体验，而并非诉诸客观认知，很多都是通过直观的形象化的意象来表达的。

——摘自《中华传统文化与国学》

国学经典代表性著作，有所谓"三玄"（《周易》《老子》《庄子》）、"四书"（《论语》《大学》《中庸》《孟子》）、"五经"（《诗经》《尚书》《周易》《礼记》《春秋》）之说。就一般读者的入门，北京大学吴小如教授讲得比较实际，他要求人们先要读完"诗、四、观"（《唐诗三百首》、"四书"和《古文观止》）。吴先生认为，要打下国学基础，"卑之无甚高论"，首先要把这三部书从头到尾都看过、都背过。

——摘自《中华传统文化与国学》

作为一种历史积淀，文化传统总是在整体上时隐时现地发挥其影响力。"关系学"之盛行，种因于我国悠久的封建文化传统，特别是儒学传统的深重濡染。儒家过分看重人际关系、等级地位与协调适应，习惯以共性为前提，却忽视个体存在，不承认个性乃人生之依据。此类历史上形成的文化遗传因子，已潜存于国人头脑之中，时刻发挥着作用。正是从这个意义上，西哲有言，个人是历史的人质。

——摘自《化烦恼为菩提》

对于自然美的虔敬和敏锐的审美感受力，世界上没有哪个民族能与中华民族相比。从庄子、屈原到谢朓、王维、李白、杜甫、苏轼，诗人们一直行进在寻求存在的诗化和诗的存在化的漫漫长路上。这些诗哲留给我们的绝不仅仅是一幅幅风景画，它是一种人与自然和谐的情绪，即海德格尔所说的，它是人"诗意地居住"的情怀，是对自然的审美观照。

——摘自《生命还乡的欣慰》

历史离不开记忆与叙述。一个地区、一座城市，像历史人物一样，有其独特的个性、鲜活的情貌，而且，刻录着时代的履痕。就承载历史记忆的功能来说，瞬时存真的图像，明显地优于声音，也胜过文字。

——摘自《辽海春深〈前程向海〉》

其实，历史的生命力是潜在的，暗伏的。废墟以其丰厚的文化积存，载记着成功后的泯灭，颓败里的辉煌，以及没有载诸史册的千般兴废、百代沧桑。就这个意义来说，同样是历史的读本。

——摘自《辽海春深〈山城的静中消息〉》

历史是一个传承积累的过程，一个民族的现在与未来都是对历史的延伸；尤其是在具有一定超越性的人性问题上，更是古今相通的。

——摘自《一年谈话今宵多〈历史文化散文的现实关怀〉》

所谓历史感或历史意识，就是指对过去的回忆与将来的展望中体现出来的某种自觉意识和反思，其中蕴含着一种深刻的领悟。

——摘自《一年谈话今宵多〈散文激活历史〉》

其实，文学是最富有历史感的艺术类型，甚至可以说，文学本身就是一种历史，是一个民族的精神追寻史。对于历史的反思永远是走向未来的人们的自觉追求。

——摘自《一年谈话今宵多〈散文激活历史〉》

那民族兴衰、人事嬗变的大规模过程在时空流转中的留痕，人生悲喜剧在时间长河中显示的超越个体生命的意义，以及在终极关怀中所获得的怆然之情和宇宙永恒感，都在新的境遇中展开，给了我们远远超出生命长度的无尽感慨。

——摘自《一年谈话今宵多〈散文激活历史〉》

作家写历史题材的作品，实际是一种同已逝的古人和当下的读者，做时空睽隔的灵魂撞击与心灵对话，是要引领读者在重温历史事件、把握一些背景化真实的同时，能够站在一个较高的层面，共同地思考当下，认识自我，提升精神境界。

——摘自《一年谈话今宵多〈散文激活历史〉》

历史是一座取之不尽、用之不竭的精神富矿，真正地着手探查，里面的文章可就多了。

——摘自《一年谈话今宵多〈散文激活历史〉》

历史不可能像自然科学那样，存在一个可以观察和规定的对象，历史作为消失了的过去，已经不能实际感知和体验。

——摘自《尽信〈书〉则不如无〈书〉》

历史特别是近现代历史，离我们并不遥远，许多事情，彰彰犹在人耳目。"后之视今，亦犹今之视昔"。如何看待昨天，关系着如何看待今天和我们的明天。历史文化的认知价值，是绝对不可忽视的。

——摘自《序〈沈水微澜〉》

让自己的灵魂在历史文化中撞击，从而产生深沉的人文感悟，启动着内心的激情与联想。

——摘自《诗思氤氲走游中》

历史是精神的活动，精神活动永远是当下的，绝不是死掉了的过去。读史著文，原是一种今人与古人的灵魂撞击，心灵对接。它既是今人对于古人的叩访、审视，反过来也是逝者对于现今还活着的人的灵魂拷问。

　　　　　　　　　　　　　　　　　——摘自《〈国粹〉创作札记》

　　这种深度意蕴，应该是溶解在作品中的精神元素，是一种靠着生命激情的滋润、生命体验的支撑的理性情感和形象昭示，是立足于现实土壤的对于人生价值和生活哲理的探索，其中凝结着人生智慧和哲学理蕴。

　　　　　　　　　　　　　　　——摘自《序〈鲜花照亮了我的房间〉》

　　历代王朝中血腥夺位，"祸起萧墙"，迄未间断，成为一切封建统治者无法回避的难题。

　　　　　　　　　　　　　　　　　——摘自《皇帝原来是苦工》

　　其实，在最初年月，皇帝（或曰酋长）不过是一个风范大国民，甚至是标准的苦工。

　　　　　　　　　　　　　　　　　——摘自《皇帝原来是苦工》

　　通过大量的矛盾事物、微妙细节、异常变故，破译那些充满玄机、变数、偶然性、非理性的东西，揭露封建帝王与王朝帝制的荒诞、乖谬，否定其欲望蒸腾与贪得无厌，呼唤一种自由超拔的生命境界。

　　　　　　　　　　　　　　　　　——摘自《皇帝原来是苦工》

　　透过大量的细节和无奇不有的色相，包括一些不确定性因素，复活历史中最耐人寻味的东西，唤醒人们的记忆；关注个体心灵世界，重视典型、诗性的开掘；借助生命体验与人性反思去沟通幽渺的时空；通过生命的体悟，同一些飞逝的灵魂做跨越时空的对话，进行人的命运的思考，人性与生命价值的考量。由感而悟、由情而理地深入到历史精神的深处，沉到思想的湖底，揭橥历史更深刻的真实。

——摘自《皇帝原来是苦工》

对于历史的反思永远是走向未来的人们的自觉追求。而所谓历史感或历史意识，就是指对过去的回忆与将来的展望中体现出来的某种自觉意识和反思，其中蕴含着一种深刻的领悟。

——摘自《史海遥灯》

历史是一个传承、积累的过程，一个民族的现在与未来都是历史的延伸；尤其是在具有一定超越性的人性问题上，更是古今相通的。

——摘自《史海遥灯》

解读历史，是一种心灵的对接。

——摘自《英文版〈乡梦〉序》

历史是精神的活动，精神活动永远是当下的，绝不是死掉了的过去。读史，原是一种今人与古人的灵魂撞击，心灵对接。

——摘自《〈秋灯史影〉序》

既穿行于枝叶扶疏的往史丛林，又能随时抽身而出，自觉地张扬主体意识，深入到历史精神的深处，去默默地同一个个飞逝的灵魂做跨越时空的对话，由感而悟、由情而理地揭示历史更深刻的真实。

——摘自《〈皇王百趣图〉序》

其间不乏对人生吊诡、历史悖论的探求，着眼点却是从中透视"传主"的心灵世界，通过与一个个飞逝的灵魂跨越时空的对话，复活耐人寻味的思想、意象，透视历史更深刻的真实。

——摘自《我为什么要写张学良》

解读历史的同时，着意揭示作者对于具体生命形态的超越性理解，其意旨不是简单地从一堆史料中再现过去，而是在对过去的追忆、阐释中揭示它对现实的影响和历史的内在意义。

——摘自《〈风景旧曾谙〉序》

屠羊说算是彻底的超脱，因而也不会遇到这个问题。不过，这种逍遥游世，既明且哲的人生取向，在儒家学说占统治地位的旧时中国社会，实在是凤毛麟角，少之又少了。绝大多数人是"明知山有虎，偏向虎山行"。

——摘自《屠羊说与卜式》

从审美的角度看，历史题材具有一种"间离效果"与"陌生化"作用，比现实题材更有利于审美观照。

——摘自《〈皇王百趣图〉序》

在我国历史上，爱国主义从来就是鼓舞人民团结奋斗的一面旗帜，是各族人民共同的精神支柱，对于维护祖国统一、民族团结，推动社会进步具有重大的作用。

——摘自《一曲昂扬的祖国颂歌》

传统文化涵盖了一个民族的整体生活方式和价值系统，是一个民族内部彼此认同的核心，是区分此一民族与彼一民族的核心标志。所以说，传统文化是民族之根，文化之源。社会主义核心价值体系根植于中国优秀传统文化的沃土之中。没有中国传统文化之根，就没有中华民族精神之源。

——摘自《中华传统文化与国学》

历史强调叙事的客观性，而文学本质上是灵魂与思想的审美外化，应该主观色彩鲜明，也就是体现个性化特征；应该对社会历史发展中面临的问题或者说困境有独立的思考和原创的能力，时刻保持清醒的批判意识。

——摘自《渐行渐远越嚼越香的历史记忆》

不过，历史从来不拒绝偶然。自然的演进是一种无意识的过程，同社会进程不一样，它的存在方式是自然现象之间的盲目的相互作用。

——摘自《辽海春深〈石上精灵〉》

一些废墟之所以令人辗转流连，盖由于通过它可以检视岁月的车轮留下的征尘辙迹，从它身上我们似乎听到了穿越时空的回响，感受到历史的鲜活存在；由于它历经过无尽沧桑，能够以其特有的魅力唤起后人的深沉的鸿泥之感，吸引人们循着荒台野径、断壁残垣，去体悟建筑艺术中抽象的情感，赏鉴朦胧的艺术意境，追踪昔日的辉煌。

——摘自《辽海春深〈山城的静中消息〉》

当我们穿透历史的帷幕，直接与魏晋时代那些自由的灵魂对话时，更感到审美人生的建立，自由心灵的驰骋，是一个多么难以企及的诱惑啊！

——摘自《广陵散》

历史，亦即人类的活动史，是一次性的，它是所有一切"存在"中独一以当下不再为条件的。当历史成其为历史，它作为曾在，即意味着不复存在，包括特定的环境、当事人及其活动场景、般般情事，在整体上已经永远消逝了。在这种情况下，不在场的后人——史学家选择、整理史料，进行文本化处理，必然存在着主观性的深度介入。

——摘自《山灵有语》

在中国古代诗苑中，哲理诗或曰理趣诗是一个富矿，分布范围很广。咏史诗、咏物诗、题画诗、讽喻诗、禅意诗中，尽多阐明哲理、寄寓感慨、抒发对人生世事见解的篇章；而一些记游、抒情、写景、怀人、感事、赠答之作，里面也往往饱含理趣的内在质素。

——摘自《古代哲理诗赏评》

说来，道理也很简单。我们考察一个历史人物的成败得失，无疑需要观照其整体，把握住全局，这是一条总纲；同时，还应特别关注几个要点，即命运的转捩点，生命的闪光点，人生的关节点，所谓"三点一线"。

——摘自《〈成功的失败者——张学良传〉序言》

对于政治人物来说，长寿也并非都是幸事，套用一句人们常说的话：它既是一种机缘，也是严峻的挑战。历史上，许多人都没能过好这一关。八百多年前，白居易就写过这样的诗句："周公恐惧流言日，王莽谦恭未篡时。假使当年身便死，一生真伪有谁知！"……如果张学良在解除监禁、能够向世人昭示心迹的当儿，通过"口述历史"或者"答记者问"，幡然失悔，否定过去，那么，"金刚倒地一摊泥"，他的种种作为也就成了一场闹剧。而他，英雄无悔，终始如一。他说："如果再走一遍人生路，还会做西安事变之事。"这就进一步成就了他的伟大，使他为自己的壮丽一生画上了圆满的句号。

——摘自《人生几度秋凉》

对封建帝王来说，这是根本无法破解的悖论：他们要夺得天下，就需依赖那些英雄豪杰来战胜攻取，可是，从"家天下"角度看，这些英豪又是致命的威胁。这样，就演成了无数的"兔死狗烹"的屠杀功臣的惨痛悲剧。回过头来，那些帝王又呼唤镇守四方的猛士；而当猛士真的出现了，他们却又疑虑重重，严加防控。于是，这种"利用与限制"的矛盾循环往复，迄无终结。

——摘自《伊人宛在水之湄》

历史是文化的传承、积累与扩展，是人类文明的轨迹，既是人类总体、人类文化的发展史，也是个体自我的形成史、生长史。历史唯物主义告诉我们，正如生命不能停留在时间的形式上，还必须形成精神、思想、意识，否则只是一个抽象的毫无意义的生命；时间也必须上升为历史——时间的客观化形态，在历史进程中，展开生命创造活动。

——摘自《瞬息千秋》

北宋理学家程颐把少年登科列为"人生三大不幸"的首项。这是建立在深刻的人生体验和对世事认知的基础之上的悟道之言。从人性的惯常表现看，人当年少，不谙世情，缺乏历练，既受不了挫折、失败的打击，也经受不起成功成名的顺利考验。一夜成名，一朝得志，很容易产生骄纵、浮躁、懒惰的心理，往往忘乎所以，不知天高地厚，愣头青式地乱闯；而客观的形势尤为严峻，"一峰突起群山妒"，一当出人头地，立刻就会成为众矢之的、"千手所指"的对象，或者吹捧、追逐的偶像，最后的结局都是很不妙的。当然，人生之幸与不幸，归根结底，主动权还是掌握在自己手里。如果能够保持清醒的头脑，具有足够的自知之明，或者经过长者点拨、指引，严谨自持，早知防范，那么，不幸就可以转化为有幸，获得继续攀升的有利条件。

——摘自《少年登科的警示》

"不宜开到十分时"，还使我联想到佛教禅师的"法演四戒"。佛典记载：佛鉴禅师应请，前往舒州太平寺做住持，临行前，五祖法演对他训示说：当一个住持，有四件事要特别注意，第一，权力不可用尽；第二，福气不可享尽；第三，规矩不可管尽；第四，好话不可说尽。为什么呢？

赞美的话说太多了，人心就会产生变化；规矩如果过于严格，会迫使人去钻旁门左道；好处自己享用尽了，势必被人孤立；如果无限扩张权力，祸事必定会发生。佛鉴听了，深为敬服。

到了明代，著名文学家冯梦龙从适应世俗需要出发，在《警世通言》中，又对"法演四戒"加以修改充实。仍然是四句话："势不可使尽，福不可享尽，便宜不可占尽，聪明不可用尽。"而晚清名臣、著名政治家、思想家曾国藩，则针对当时所处的险恶处境，在家书中写道，"余蒙先人余荫，忝居高位，与诸弟及子侄谆谆慎守者，但有二语，曰'有福不可享尽，有势不可使尽'而已。福不多享，故总以俭字为主，少用仆婢，少花银钱，自然惜福矣""家门大盛，常存日增一日而恐其不终之念，或可自保。否则颠蹶之速，有非意计所能及者""吾兄弟当于极盛之时，预作衰时设想，当盛时百事平顺之际，预为衰时百事拂逆地步"。

上述种种，讲的都是物极必反、不到顶点、勿走极端的道理，体现了中华传统文化中的人生智慧。

——摘自《开到十分花事了》

古代诗人有"好鸟枝头亦朋友"之句，鸟是人类的近邻，是自然生物链中不可或缺的部分。而人类只是大自然中的一个普通成员。无论植物、动物、山川，都有其固有的存在价值与生存权利。即便从人类自身利益出发，爱惜鸟类，保护生态，也是爱惜人类自身。为此，也应尊重自然，善待生命。

——摘自《好生之德》

古人说，"知己从来胜感恩"，在于感恩与知己虽然同为人际交往中的"正能量"，都是值得充分肯定的，但二者处于不同的层次，体现不同的境界。感恩的对象、范围可以是非常广泛的，可说是遍布于人生的各个时段、各个场合，大而至于命运、际遇、事业的支持，小而表现为举手投足之劳、嘘寒问暖之意；而知己就不同了，"人生得一知己足矣"，平生不可能遇到很多。更主要的在于，知己处于更高境界，涉及精神境界、志趣、抱负，需要志同道合；而感恩却不必要求精神的契合、情志的相通，随便一件日常细事，只要予人以帮助，都可获得感激与报答。

——摘自《人生难得一知己》

从历史上人尽其才、才尽其用的角度来说，有时确实是造化欺人。不妨设想，如果安排李煜为金陵诗词学会会长，赵佶为汴京书画院院长，确实是适才适所，最恰当不过了；但是，历史老仙翁偏偏把他们放错了位置，一个为南唐国主，一个为北宋第八任皇帝。当然，事情也还有另外一面的道理：如果李煜未曾经历天崩地坼般的人生巨变，缺乏后半生的生命体验，那么，他后期的词作还能涌流出那痛入骨髓的家仇国恨的悲哀，还能实现这种独有的、真实的情感宣泄吗？著名学者唐圭璋在《李后主评传》中做过剖析：李煜"身为国王，富贵繁华到了极点，而身经亡国，繁华消歇，不堪回首，悲哀也到了极点。正因为他一人经过这种极端的悲乐，遂使他在文学上的收成也格外光荣而伟大。在欢乐的词里，我们看见一朵朵美丽之花；在悲哀的词里，我们看见一缕缕的血痕泪痕"。

——摘自《造化欺人》

晚清著名思想家龚自珍呼唤革新政治、针砭时弊，谈论得最多的是关于人才问题。首先，他特别强调人才在治国理政中的决定性作用，说："世有三等（治世、乱世、衰世）。三等之世，皆观其才。"又说："一代之治，必有一代人材任之。"作为衰世，当时的症结所在，他认为，关键在于人才的匮乏："沉沉心事北南东，一眶人才海内空。"（龚诗《夜坐》，下同）而人才之所以匮乏，源于上层统治者对人才成长的限制，病态社会对人才的摧残、扼杀，使其无法健康、自由地发展。万马之喑哑无声，并非出自马的本性，而是惨遭摧折的结果。为此，他大声疾呼，要敲开各种枷锁，打破一切拘限，不拘一格使用人才。"万一禅关砉然破，美人如玉剑如虹。"意思是：当束缚、限制人的才智的关卡打破以后，人就可以成为晶莹如玉的美人，剑也能够吐出长虹一般的奇气。"禅关"，借用佛家语，形容关卡；"砉然"，引自《庄子》，状写解牛时奏刀顺利、痛快。而这一切，都须最高统治者痛下决断，率先变革，所以，他在诗中特意提出"我劝天公重抖擞"。"天公"一词，语意双关，隐指人间至尊——皇帝，要带头起用鼓动风雷、变革现实的人才。

——摘自《渴求变革　呼唤人才》

早在两千多年前，鸡声就和远古先民的早起紧相联结。在《诗经》的《女曰鸡鸣》和《鸡鸣》两首诗中，诗人通过两对夫妻围绕着鸡叫起床的对话，形象生动、个性鲜明地展示了古代家庭生活与夫妻情感，十分动人，饶有情趣。与居家相对应的，身在旅途的游子，则奉行着"未晚先投宿，鸡鸣早看天"的古训，以规避风险，保证安全。而对于胸怀壮志、奋发有为的年轻人，自古就有"闻鸡起舞"的动人佳话。《晋书》记载，范阳人祖逖，年轻时即胸怀大志，曾与刘琨一起担任司州的主簿。这天与刘琨同寝，夜半时听到鸡鸣喈喈，他便踢醒了刘琨，说："这可不是令人厌恶的声音。"意为快快起来干事。于是，他们便起床舞剑。

——摘自《闻鸡遐想》

从"东施效颦"这个故事，我们可以做进一步的引申。当日，庄子在讲述丑女东施"归亦捧心而颦其里"之后，紧接着缀上一句："惜乎，而夫子其穷哉！"深情惋惜孔夫子不顾时间、地点、条件的不同，固执地推行文王、周公那一套，就如丑女效颦一样可笑。这使我们悟出应该与时俱进、随时为变，不可固守陈规的道理。此其一。其二，庄子有感于战国之世，在社会昏暗、政治污浊的环境中，绝大部分读书士子都迷失了自我，随波逐流，摒弃了生命价值，"莫不以物易其性""危身弃生以殉物"，为此，突出强调：要保持自性，维护自我的尊严与高贵，不受任何外在势力的控制与影响，营造一种从容、淡定的心态，以超拔的智慧化解现实中的种种矛盾，祛除一切形器之累。

——摘自《错在失去自我》

古人有"身闲趣自深"和"性定会心自远，心闲乐事偏多"的说法。《文心雕龙》中也讲："四序纷回，而入兴贵闲。"至于诗人，论及此意的就更多了："何处台无月，谁家池不春？莫言无胜地，自是少闲人。"（白居易）"江山风月无常主，但是闲人即主人。"（汪琬）有闲身，还要有闲心。身闲可以摆脱世俗杂务的羁绊，为心性安然创造基础性的条件，而心闲则是实现任情适性、自在自如的生命形态的保证。身闲，是暂时的安宁；心闲，乃一生的幸福。二者结合，有助于情感、兴会的触发，有助于心灵对世间物色的感悟与发现。

——摘自《身闲趣自深》

作为商品交换发展到一定阶段的产物，货币最基本的职能，是价值尺度和流通手段。但在社会发展过程中，随着金钱势力的无限扩大，将会产生冲击整个社会的"货币拜物教"，我们通常称之为"拜金主义"。早在西晋时期，文学家鲁褒就在《钱神论》一文中，揭露了金钱"无德而尊，无势而热"，其威力无远弗届的社会现象。他说："吾以死生无命，富贵在钱。何以明之？钱能转祸为福，因败为成，危者得安，死者得生。性命长短，相禄贵贱，皆在乎钱。"无独有偶，莎士比亚在诗剧《雅典的泰门》中，借泰门之口说：金子"这东西，只这一点点儿，就可以使黑的变成白的，丑的变成美的，错的变成对的，卑微变成高贵，老人变成少年，懦夫变成勇士""它可以使受诅咒的人得福，使害着灰白色癫病的人为众人所敬爱，它可以使窃贼得到高爵显位，和元老们分庭抗礼，它可以使鸡皮黄脸的寡妇重做新娘"，说的都是金钱的魔力。

——摘自《金钱的魔力》

第五部分 云巅撷萃

蒹葭白露，秋水长天，令人神往。此地不独抗战期间，为"雁翎队"狙击天津至保定间日伪军水上战场，而且因处于燕南赵北，古代文史遗踪甚夥。

——摘自《致吕公眉》

天上的白云，犹如一座座汉白玉盆景，缓慢地变幻着。

——摘自《致高殿成》

这时，突然卷起来一阵草原风暴。刚才还是晴天丽日，片刻便黑起了面孔，阴霾满天，原来的汉白玉盆景早已被大片黑色的云团所取代，一时惊沙四起，天昏地暗。群马惊慌地翘起尾巴，顺着风疾驰；老牛则一蹦一蹦地奔逃；而羊群却聚到一处避风的场所，围成一圈，静静地站着不动。风沙过后，随之，豆粒大的雨点便紧一阵慢一阵地落了下来。小鸟则惊慌地躲进草丛里潜伏着，一动也不动。我们并不忙着找地方避雨，而是呼啸着、欢跳着，在雨中乱跑。直到风停雨止，云散天开，一切归于新的宁静。

——摘自《致高殿成》

我的期待是用有限的笔墨说些同无限相关的事。

——摘自《致石杰》

行动在静止中，思维却高度活跃，开展那种个体对于宇宙、有限对于无限的对话。

——摘自《致石杰》

次日，东方刚刚泛白，我便三步并作两步地飞驰到海边。风很大，衣服被鼓胀得像个大包袱隆起在背上，海潮也涨得正满，目力所及尽是如山如阜的滔滔白浪。几只渔船正劈波入海，时而被抛上浪尖，时而又跌下谷底。

说是船，其实本是藤条编的大圆笸箩，里外刷上厚厚的黑漆。平时扣在潮水漫不到的沙滩上；捕鱼季节到来，渔民把它们翻转过来，然后推进海里，手中架起长长的木桨，艰难费力地向前划行着。

——摘自《致刘兆林》

自古以来，生长在中国北方的一个个少数民族，就拨开洪荒的流云，燃起文明的爝火，相继跨上奔腾的骏马，闯入了历史的疆场。他们的铁骑越过万古荒原，越过长城、黄河，踏上中原大地，以其沉雄的呐喊与滴血的泣诉，共同叙述着那从梦幻走向现实的艰难历程，叙述着历史的无奈与无情；更以其蓬勃的朝气，锐不可当的攻势，给予每个从励精图治到骄奢怠惰的中原王朝以致命的冲击。而每一回合的搏斗，都昭示着中华民族从分裂、对抗走向统一与融合的历史时空，装订着一个漫长历史时代的苦难与辉煌。金代的女真人是其佼佼者。

——摘自《致刘学颜》

一丛丛金英翠萼的迎春花，正开得满眼鹅黄，装点出枝枝新巧，小桃红也忙不迭地吐出了相思豆一般的颗颗苞蕾；而堤畔的杏林花事已经过了芳时，绯桃也片片花飞，在淡淡的轻风中，画出美丽的弧线，飘飞在行人的眼前，漫洒在绿幽幽的草坪上，坠落到清波荡漾的河渠里。

——摘自《回头几度风花》

路过一处桃园时，空中没有一丝风，缤纷的花瓣飘落在布衫上，一片叠着一片，乍一看，像是绣上去的细碎的花朵。

——摘自《回头几度风花》

我相信了，细雨真的是一种撩拨思绪的弦索，雨丝织出来的"情绣"常常是对于往昔的追思。何况，而今人过中年，正处在对于"韶华不再"

最为敏感的年纪。

——摘自《回头几度风花》

  人生悲喜无常，离合难定，哪里有心绪去听那淅淅沥沥、通宵不止、仿佛点点滴滴都敲在心上的雨声，索性由它去吧。

——摘自《回头几度风花》

  年光已经飞鸟般地飘逝了，留下来的只是一个个空巢，挂在那里任由后人去指认，评说。

——摘自《回头几度风花》

  在这万籁俱寂的秋宵，偏偏听觉又出奇地灵敏。隔壁的鼾鸣，阶前的叶落，墙外的轮蹄交响，甚至腕上石英表轻轻的滑动，都来耳边、枕上，成了空谷足音。

——摘自《三过门间老病死》

  几十个难忘的日日夜夜过去了，药玉米已经蔚然成林，手指般粗细的茎秆上，枝分叶布，绿影婆娑，最后，竟繁密得连鸡鸭都钻不进去。为了按时灌水，佟心宇从家里扛来一根竹桄，一破两半，刳去节档，将一头顺进垄沟里，另一头支起来，连清水带粪汤一齐倾泻进去。

——摘自《薏苡的悲喜剧》

  绵延无尽的一带连山，像凌空壁立的屏风一般，遮蔽了长风，也遮蔽了人们的视野，使这一原本就甚为偏僻的小镇，更显得与世隔绝了。山的阳面，是一处莽莽苍苍的林茂粮丰、水草肥美的原野，一道清澈的山溪，傍着一条新近筑成的沙石路，笔直地伸向远方，把这片绿锦缎般的茫茫碧野齐崭崭地切割成两半。左面，丛林掩映中的营房大院被一列长长的红砖墙包围起来；右边，翠苇森森，簇拥着一潭清澈的湖水，朝朝暮暮，镜子般面对着万里晴空，没有波澜，没有污染，给人一种亲切、自然、澄净、安详的感觉。而晨兴、入夜响彻营房内外的嘹亮的号角却在明确地提示人们，这里生活着一个朝气蓬勃的战斗集体，这里的自然同样是人化的自然。

——摘自《夜话》

月色浸润着整个大地，远山近树，旷野平畴，千般万象都涂上一层银灰色。天空没有一片云，清泠泠的，透明而洁净，令人感到无限的高远。近处的虫吟，远地的蛙鼓，一迭连声地喧嚣着，军营的夏夜却益发显得宁静。

——摘自《夜话》

这是一个月白风清、沁凉如水的秋夜。空气像新鲜的牛奶一样清净，吸上几口，凉爽而恬适。但是，因为"昙花一现"这句成语萦结在心头，我不敢做片刻流连，只好三步并作两步，匆匆忙忙地追踪芳踪。

——摘自《昙花，昙花》

"一年容易又中秋。"银盘似的月亮从东天边上升起，窗外，绵邈、青葱的草坪上洒满了月华的清辉，像是铺上了一层晶莹的露珠。草虫欢快地奏鸣着小夜曲；晚风掠过，几树白杨轻轻摇着叶片，发出了萧萧的声响。

——摘自《一"网"情深》

老舍故居在小巷西侧，是一个典型的四合院，像它当年的主人一样，朴素得很。进得门来，右侧有一面不大的照壁，整个院落整洁、雅致，但比我想象的要小一些。先生在日，院中种满了花草。虽然名贵的不多，但东风吹过，照样开得云霞灿烂。天井中，先生手植的两棵柿树，如今依旧绿叶纷披，只是树下再也见不到主人那慈祥的身影了。

——摘自《遗爱长存》

与绿遍山原的青葱世界形成鲜明的对照，眼前一片娇红，令人心神振奋。一棵棵绿叶纷披的细茎顶端，挑出来朵朵六瓣红缨，像迎风摆动的小旗。原来这就是名闻遐迩的山丹丹。"山丹丹的那个开花哟红艳艳……"那首高亢的陕北民歌，此刻仿佛在耳边响起。

——摘自《留下一片绿荫》

千里长行，依依相伴，神之所游，意之所注，无往而不是灵山圣雪，目力虽穷而情脉不断。一种相通相化、相亲相契的温情，使造化与心源合一，客观的自然景物与主观的生命情调交融互渗，一切形象都化作了象征世界。

——摘自《祁连雪》

儿时的梦，宛如风雨中的花朵，往往是一碰就落的。

——摘自《童年镶嵌在大自然里》

尽管这灿若春花的生命，在风刀雨箭般的暴力摧残下归于殒灭；但信念必胜，一如春天总会重来。

——摘自《守护着灵魂上路》

犹如春蚕作茧，千丈万丈游丝全都环绕着一个主体；犹如峡谷飞泉，千年万年永不停歇地向外喷流。爱情竟有如此巨大的魅力，历数十年不变，着实令人感动。

——摘自《孤枕梦寻》

"君去试看汾水上，白云犹似汉时秋？"（岑参诗）我久久地漫步在古城垣外，杨柳堤边。但见清波如旧，光景依然，只是纤流一束，悠缓地南行，已经失去了当年的万马奔腾之势。不要说汉武帝的楼船，即使河汾诸老的扁舟，恐怕也难以划行得很远了。

——摘自《情注河汾》

智慧的火花只有在碰撞、敲击中才能闪现。学术发展进程中，如果没有对立面，也就失去了激活的动力，无法使各自的论说更趋充分、缜密和完善，直至促进思辨的深化。

——摘自《失去对手的悲凉》

推开了屋门，只见雪亮的灯光下，妻子正全神贯注地观察着那盆平素很不引人注意的昙花。在扁平的叶状新枝的边缘，翠玉般的花蕾，无风自荡，颤颤摇摇，似乎不胜负载；过了一会儿，竟和电影特写镜头里的一模一样，逐渐地，逐渐地张开了，中心涌射出一簇黄澄澄、金灿灿的花蕊，每一茎都像纤细的金丝，又像粉蝶的触须，在微微地颤动。四围的层层花瓣上的每根筋络，还在拼力地向外舒展，仿佛要把积聚了多年的气力和心血，尽情地倾泻无遗，要把全部的美和爱，一股脑儿奉献给培育它的主人。花冠大似碗口，晶莹如玉，洁白胜雪，透出浓郁的幽香，沁人心脾。那空灵俊逸的神韵，轻轻摇曳的身姿，使人联想到葱葱郁郁的树冠上的一朵飘忽的白云。我连大气也不敢嘘出，唯恐一不小心将它吹荡开去。

——摘自《昙花，昙花》

营口地处辽南腹部，正当辽河的入海口，经济、文化发达，人文荟萃，我很喜欢它的环境。中间出去过几年，1983年春又重回旧地，有机会同这里的许多诗人、学者常相过从，谈诗论道，同时参与筹建了"金牛山诗社"。诗社开展了多项有意义的活动，其成员写下了为数可观的华章，成为当时全省最有成就、最有影响的诗社之一。我有幸躬逢其盛。忆及当日游处，与曹子桓所写到的，"行则连舆，止则接席，何曾须臾相失""酒酣耳热，仰而赋诗。当此之时，忽然不自知乐也"，略相仿佛。后来，虽然因为工作调动离开了那里，但是，联系始终未断，当日那种诗酒谈欢的繁兴景象，至今还历历在目，时萦梦寐。

——摘自《营川双璧》

由于古文化的熏陶、积淀，秦淮河早已活在一代代人的心里，每个人的脑海中都闪现着它的玫瑰色的丽影。而在我的心目中，它是一首璀璨的诗，一幅绮丽的画，一片如烟如梦的旧时月色。

——摘自《心中的倩影》

留恋少时的风华，珍视美好的印象，是无分境遇，人同此心的。随着岁月的流逝，这种感情会日益浓重。世间许多宝贵的事物，拥有它的时候常常并不知道珍惜，甚至忽视它的存在；而一旦失去了它，到了"求之不得，寤寐思服"的时候，才会真正认识它的价值，懂得它的可贵。韶华就是这一类的东西。

——摘自《心中的倩影》

在一年四季中，我最喜爱的是明艳的秋天。我爱它的丰盛、充实、成熟、圆满。林园漫步，处处光华耀眼，硕果盈枝，或丹红，或金黄，或绛紫，沐浴着艳美的秋阳，清香四溢，供人们恣意赏玩，尽情撷采。我爱秋天的清凉明澈，深沉淡泊，这远远胜过春天的喧嚣、浮躁，夏日的热烈、张狂。

——摘自《收拾雄心归淡泊》

手头没书，颓然静卧，又睡不着，急得我抓耳挠腮，心神郁闷。实在挨不过去，就悄悄地把要看的书目写在一个小纸条上，塞进饭盒里去，趁护士不在，交给前来探望的亲友。这样，很快我就又有了新的给养。苏东坡、黄景仁的诗，鲁迅、梁遇春的散文，又都悄悄地跑来给我做伴了。趁医护人员不在，抓空拼命地读下去，如逛宝山，如饮甘泉，直累得两臂酸麻，全身疲累。

——摘自《三过门间老病死》

我的老师里没有叶圣陶、朱自清那样的名家，但是，他们自有其高明之处，就是从来不肯用繁杂的作业把孩子们的课余时间全部占满，而是有意无意地纵容、放任我们阅读课外书籍。我的父母也从不因为我在节假日埋头读书、不理家务而横加申斥。这大大地培植了我读书的兴趣，以后，便一发而不可收，像王羲之爱字、刘伶好酒、谢灵运酷嗜山水那样，与生命相始终，从来没有厌倦的时候。

——摘自《节假光阴诗卷里》

我也曾相信苏东坡所说的："学如富贵在博收，仰取俯拾无遗筹。"因此，举凡左史庄骚、汉魏文章、唐宋诗词、明清杂俎，以及西方近现代的一些代表性学术著作，都综罗博览。后来懂得，书犹三江五湖，汇而成海，浩无际涯，而个体生命却是很短暂的，"任凭弱水三千，只能取一瓢饮"。所以，必须有所选择。

——摘自《节假光阴诗卷里》

数千年来，我国无数文人、骚客、旅行家，凭着他们对山水自然的特殊的感受力、丰富的审美情怀和高超的艺术手法，写下了汗牛充栋的诗歌、散文，为祖国的山川胜迹塑造出画一般精美、梦一样空灵的形象。一篇在手，可以心游象外，悠然神往，把心理境界、生活情趣和艺术创造的第二自然作为三个同心圆联叠一起，不啻身临其境，而又能免却鞍马劳顿，解除风尘之苦。

——摘自《节假光阴诗卷里》

出外旅游，逢着落雨，总有些大煞风景吧？也不见得。古人早已说过，"水光潋滟晴方好，山色空蒙雨亦奇""雨里登山且莫嫌，却缘山色雨中添"。极目青郊，烟雨中的杨柳、禾稼，显得分外朗润清新。有一次，我在苏州逢着下雨，那黑瓦白墙的楼舍，典雅工丽的园林，五颜六色的雨伞下疾徐不一的行人，都因为霏微的春雨更饶有韵致。不然，恐怕是无法领略"雨中春树万人家"这句诗的妙处的。

——摘自《细雨梦回》

晚饭后，信步徜徉于林荫路上、湖畔河边，花木扶疏的庭园曲径，风俗画面一样的僻巷街头，默默地走，平静地走，轻松地走，尽兴地走，无意其他，无顾其他，半个小时，一个小时，更是早已成为习惯了。有时，夜间读书、写作，感到头昏目眩，就寝之前，也要到院子里走上几圈。回来后，带着几分凉意钻进被窝，很快便悠然入睡。

——摘自《安步当车》

再凄苦的童年，也总能从亲情、乡情中获得一丝丝慰藉。纵然外面是荆天棘地，只要一头扎进母亲的怀抱，就立刻有了安全感、温馨感。而故乡是放大了的母亲的胸怀。不管它怎样穷寒僻陋，总是"人情恋故乡"的。这样，童年、母亲、故乡，便三位凝成一体，织就了一片难剪难理的亲情网，让人久久地罩在里面，做着凄婉而温情的梦。纵然鲜活的岁月板结成时间长河中陈旧的化石，它们也没有因之而淡化、消解，反而在一定的触媒催化下，历久弥新，经过重新整合，往昔沉淀在记忆中的欢欣与适意，遗憾和惋惜，都一一浮现出来。

——摘自《华发回头认本根》

宛如白驹过隙，生命是匆促的，每个人都在一天天地接近"没有明天的一天"。我们曾经拥有过，却没有办法留住它。在充满偶然性的选择之中，我们丧失了宝贵的无涯岁月。于今,就像流行歌曲中所唱的:再回首,泪眼蒙眬;再回首,恍然如梦。当有朝一日我们终于谒见马克思的时候,该如何向他递交那份人生的答卷呢?有没有勇气重复中学时代常常挂在嘴边的那句话"我们既不因碌碌无为而羞耻,也不为虚度年华而悔恨"呢?

——《华发回头认本根》

那充盈着质朴的美、粗犷的美、宁静的美的梦之谷、画之廊,在诗人的情感的琴弦上奏出美妙的和声,不期然而然地淹入了自己的性灵,潜滋暗长一种重葆童真,宠辱皆忘,挣脱小我牢笼,返回精神家园,与隽美清新的大自然融为一体的感悟。

——摘自《〈长城外古道边〉题记》

这里有正气的张扬,温情的袒露,理想的探求,胸襟的展示。

——摘自《诗文千古贵情真》

人生犹如登山。年轻时节体力充盈,心高气盛,又满怀着好奇心,不知艰难险阻为何物,谈笑风生,奔突跳跃,攀上了一个又一个制高点。最后立足顶巅,凭栏四望,但见江天寥廓,大野苍茫,不禁快然自足,心神为之一爽。但是,"却顾所来径,苍苍横翠微",特别是望中并没有想象中的奇观胜景,也解释不清楚攀登中那样风风火火、沸沸扬扬的心理基因,于是兴奋中又夹杂着几丝迷惘。

——摘自《收拾雄心归淡泊》

每个人都只有一次人生,而不同的人完全可能让生命呈现出不同的相对长度。如何设法使生命永远成为一团烈火,一股清泉,燃烧着理想,流注着憧憬,让生命的每一天都向着各种新的可能性敞开,永不封闭,永不凝滞，这确是一个富有意义而且引人深思的话题。

——摘自《收拾雄心归淡泊》

　　时逢炎炎夏日，午梦初回，趁节假之暇，邀三五知己，或凉亭憩息，或雅座消闲，一壶沸水，数盏新茗，在紧张、喧嚣、变动、浮躁的现代生活的间隙，寻得一方恬静的憩园和几丝温馨的抚慰，实在是一种难得的。澄心静虑，意兴悠然，伴着袅袅茶烟，畅叙着万般情事，在粗犷里品尝细致，在浮荡中享受宁静，在刹那体会恒久。确实是，暂得半日消闲，可抵十年尘梦。

——摘自《饮茶，圆桌旁》

　　心里有了明媚的春光，就会心花怒放，充满勃勃生机；就会灵光四射，迸发创新精神，展现青春活力。因为春光、春色是与青春联系在一起的。

——摘自《致〈文艺报〉》

　　我喜欢游历，喜欢访古，习惯于胜地寻踪、荒园踏梦，洗去岁月的尘滓，再现历史的光泽；通过理性思考和感性认知，连缀文明的断简，把散文创作的艺术背景放在广阔的历史空间，让笔底流露出厚重的文化积淀和世事沧桑之感。当我漫步在这些曾经产生过辉煌的古代文明、布满斑驳史迹的大地上，仿佛置身于一个瑰奇、丰厚的艺术世界，在感受沧桑、把握苍凉中，敞开传统文化与现代文化双重渗透下的自我，去体味焦灼里的会心，冥思后的渐悟，凄苦中的欢愉，从而产生深刻的人文批判，对文化生命做一番富有兴味的慧命相接。

——摘自《岁短心长》

　　在我的读书印象中，觉得如果给他画像，不应忽略这样三个特征：首先是那种宠辱不惊、心平气静、悠然自得、潇洒从容的神情和气度；其次，要把他那饶有风趣、好开玩笑、滑稽幽默、富于感染力的智者形象表现出来；最后，形貌上看去，和蔼可亲，平易近人，属于那类钻到人群里很难辨识出来的普通人物；引人注目之处，是身形瘦削，"槁项黄馘"——干瘪、细长的脖子，托着一个面色枯黄、前额笨重的脑袋。

——摘自《逍遥游》

刚刚抽芽吐绿的柳枝新叶，是最富有生机的。特别是对于城中人来说，柳是报春的使者。当寒威退却、冰雪消融时节，痴情浓重的春风朝朝暮暮奏着催绿的曲子，鼓动得万里河山生意葱茏。花丛草簇从酣睡中醒来，急忙抽芽吐叶，点染春光，顿时大地现出了层层新绿。

——摘自《关注潜人才》

老树十围，亭亭如车盖，繁枝密叶，荫覆众生，是柔枝幼干所难以完成的；但是，开花吐蕊，临风摇曳，却与千年古树无缘。

——摘自《老有所为》

自古以来，滟滪堆就屹立于波涛汹涌的江流中，当滔滔江水扑面而来，刹那，波翻浪涌，水雾蒸腾，旋涡飞转，地动山摇，十里可闻雷鸣之声，形成了世所罕见的"滟滪回澜"的奇观。

——摘自《事在人为一解》

晚风，落日，啼鸟，归云，都在这个情怀恬淡、意态闲适的幽人的视觉、听觉之中。物我合一，情景交融，思与境谐，本身又是一幅饱含意蕴、逸趣盎然的风景画。

——摘自《功成身退》

想以一条心丝穿透千百年的时光，使已逝的风烟在眼前重现奇华异彩。

——摘自《事是风云人是月》

　　一任感情的潮水放纵奔流，心情在不断地发生着变化，时而重似沉铅，时而轻松快活，时而热血喷涌，时而发出会心的微笑，始终沉浸在读书的快感里。

——摘自《一编简牍寄深情》

　　人脑，这个神奇的存储器，存储了客观世界的大量信息。随着思维活动的不断深化，信息的不断丰富，联系也日益紧密与连贯。这时如果受到某种激发和启迪，就会使存储的信息活跃起来，各种联系豁然贯通，迸发出灵感的火花，出现构思活动中质的飞跃。

——摘自《泪泉血雨绽奇葩》

　　在科研活动中，当人们聚精会神探索问题时，有时会因特定事物的启发而产生一种领悟。如能抓住不放，寻根究底，常常可以成为一项重要发现的依据，导致科学上的发现和技术上的发明。这种灵感，或曰机遇，是在实践基础上有计划地进行紧张的观察、思索的产物。

——摘自《泪泉血雨绽奇葩》

　　说来，人的情感真也特别有意思，往往是空间距离越大，思念便会越深；故乡离得越远，情感会拉得越近；睡梦里，眼睛闭着，却看得分外清楚，异常鲜明；而年代越是久长，就是说，特别是到了老年，思乡、怀旧的情感便愈益炽烈，越发难剪难理；而且，异乡结梦，几乎梦梦皆真。

——摘自《阳山外山》

　　现在人的平均寿命有所增长，以六十岁退休计算，至少要有二十年时间，可以在绚丽斑斓的黄昏晚景中，继续演奏着生命真实的凯歌。只是应该注意从自身的实际情况出发，有所为有所不为。老树十围，亭亭如车盖，浓荫匝地，是柔枝幼干所代替不了的；但是，开花吐蕊，临风摇曳，却与千年古树无缘。人到晚年，远离了工作岗位，并不等于无所事事，只能隔着窗子闲看飘飞的雪花，或者拄着拐杖漫踏阶前的黄叶，需要做而且能够做的事情依然很多很多。古人早就有"老马识途""乡有三老，万般皆好"和"落红不是无情物，化作春泥更护花"的说法，表明了老年人无可代替的特殊作用。当然，我这样说，绝不意味着老年人还要异想天开，贪求无厌，不知止足。"及其老也，血气既衰，戒之在得"，孔老夫子的意思是，人到年老了，气血已经衰弱，便要警诫自己，切莫贪求无厌，这是从实际出发的剀切之言。

——摘自《"冷应酬"》

人生的历程是不可逆的。任何人生命的时空，在现实生活中都是一次性的。正是这生命的一次性，使我们从出生的一刻起，就面临着死亡，面临着结束。因此，作为个体的生命，暂居性便成了无可改变的状态。在历史的长河中，我们所能亲历的只是时间中的瞬间。盖世英杰也好，村野凡夫也好，无论是谁，分享的都只是这个永恒世界中的短暂的现在。归根结底，还是李太白说得透彻："今人不见古时月，今月曾经照古人。古人今人若流水，共看明月皆如此。"

——摘自《风波中的彻悟》

"各有心情在"，各有各的追求，各有各的活法。世间无论多么卑微的生命，也有它灿烂的一刻。对别人而言，这一刻也许微不足道，但对它自己而言，甚至可以说是一切。诚然，青苔确是卑微、鄙陋、平庸，没法同牡丹的富丽堂皇媲美，但它也能以一己的自立自强，而傲视周围的一切。生命的进程中，充满着差异性与不平衡性，有完美，也有残缺；有辉煌，也有暗淡。青苔终生不知阳光为何物，有如"夏虫不可以语冰"，视野狭窄，处境卑微；但既然是生命，就有理由存在，也一定有本能存活下去。这是生活中的辩证法。

——摘自《各有各的活法》

伴随着人生阅历的增加，人们心目中的宇宙会不断地向外扩张开去，而就个体生命来说，人生的风景却在这种扩张中相对地敛缩，曾经喧啸灵海的潮汐，在时序的迁流中，已如浅水浮花，波澜不兴了。

——摘自散文集《淡写流年》

淡写流年，就是要恬淡而缓和地解读生命，通过文字来重现一个鲜活的生命真实，描绘一种生灭流转的人生风景。

——摘自散文集《淡写流年》

时间在销蚀生命的同时，自然地接受了记忆力的对抗——往事总要竭力挣脱流光的裹挟，让自己沉淀下来，留存些许痕迹，使已逝去的云烟在现实的屏幕上重现婆娑的光影。而所谓解读生命真实，描绘人生风景，也就是要捕捉这些光影，设法将淹没于岁月烟尘中的般般情事勾勒下来。

——摘自散文集《淡写流年》